小莉

King

Taro

我與 Nomi

小寶

弟弟

黑糖

小莉

Taro

King

我與 Nomi

小寶

弟弟

黑糖

小莉

King

Taro

我與 Nomi

小寶

弟弟

黑糖

小莉

King

Taro

我與 Nomi

小寶

弟弟

黑糖

大樹自然生活系列

BigTree

大樹

15

慢‧漫‧山城

一個人的家園自然探險

Exploring the Nature of My Hometown

張蕙芬 撰文

江延彬 攝影

目錄
Contents

我的家園探險
Exploring the Nature of My Hometown

1995 年是我人生的轉振點，長久以來高壓的雜誌及出版編輯工作，趕稿時沒日沒夜，日夜顛倒，仗著身體一向勇健，忽略了許多警訊。1993 年創立大樹文化事業之後，華路藍縷、百廢待舉的出版社工作，終於成為壓垮身體的最後一根稻草。

在中醫的勒令下暫停工作，以中藥調理身體，徹底改變生活作息，開始學習跑步及健走等常態性運動。爸媽不放心我單獨住在台北的大廈，但我在山上的房子還在建造中，於是先搬回同在大台北華城的禾豐特區，在爸媽家展開為期一年的休養生活。

回想起來，三十餘歲還有機會承歡膝下，實在幸運，更何況是享受爸媽的細心照料。每天清晨帶著狗兒們爬山，那一年我們幾乎踏遍了華城周遭的小山，規律地流汗、運動，早睡早起，身體逐漸恢復健康。這樣的歷程讓我驚覺以前的生活方式犧牲了許多，不光是健康，更忽略了細細品嚐生活的點點滴滴。

就這樣在山上住了下來，不曾再搬回台北的大廈，即使恢復上班也是每天通車，工作心態逐步調整，不再急著趕完進度，因為事情永遠做不完，明天又是新的一天。該休息就休息，每天只想儘快回家帶狗散步，因為山上有太多有趣的事等著我去發掘呢！

一晃眼在大台北華城生活了二十餘年，這個原本完全美式開發造鎮的山區住宅，隨著時間的推移而使得整體環境日益飽滿。生活在這裡，親眼見證了自然生態的恢復能力，想要跟更多人分享山城的一切，才有了出版『慢‧漫‧山城』的初步想法。

雖然在社區裡漫遊有無數次難忘的邂逅，但光憑文字描述可能遠不及一張圖片所能傳達的感動，於是邀約了比我更資深的老鄰居江延彬大哥，

1

希望以他的攝影作品來傳達大台北華城的自然之美。他為了記錄下每一美景和美麗的生物，整整兩年餘來隨時帶著相機或手機，捕捉每一美麗瞬間，包括 2016 年初百年難得一見的華城雪景。

　　幸而這裡就是我們的家園，探險無須遠求，只求把握當下的每一分感動。有機會生活在台灣低海拔山林的豐饒自然環境裡，理當好好珍惜，與每一生命的邂逅，理當感恩，因為這裡不僅僅是我們人類的家，更是無數生物的家園。這一場家園探險想揭露的是與其他生物共生共榮的生活可能性，而每一天都是充滿未知樂趣的日子。

　　全書圖片的昆蟲種類鑑定，特別感謝大樹作者黃仕傑的協助，如果不是他豐富無比的野外經驗以及人脈，很多蟲蟲的身份將難以確認。還要感謝另一位兩棲類作者施信鋒，協助蛙類的鑑別。而賞鳥先進吳尊賢一直是我賞鳥最好的老師，因為他的耐心教導，讓我得以享受賞鳥的樂趣。當然，二十餘年的自然叢書編輯經驗，讓我有機會接觸許多第一手的珍貴資料，大樹每一位作者都是我的自然老師。

　　最後要感謝的是二十餘年來陪伴我走過社區每一角落的狗兒們，包括在天堂的弟弟、小莉、小寶、Taro、黑糖，以及垂垂老矣的 King，還有現在正當壯年的黑美人 Nomi，如果不是你們，我的家園探險大概也很難持之以恆。二十餘年留下的每一足跡，都少不了你們。

張蕙芳

1　掛在植物尖端上的繭蛹，宛如金色問號般，引人遐思。此為懸繭姬蜂的繭，是頗為常見的一種寄生蜂。

2　纖巧的高腰蝸牛是樹上的驚喜，美麗的白色身影格外迷人。

晨曦下的紅瓦白牆山城，
即將迎向一天之始。

【前言】 **山中** 無歲月

每一個早晨，都是一個歡樂的邀約，我的生活如是真樸，我看見了自然的面目。
—— 亨利・梭羅

漫遊山野

Exploring the Nature of My Hometown

大學畢業後，選擇了自己熱愛的編輯工作，在台北奮鬥生活了十餘年，終於讓身體付出慘痛的代價。面臨生涯規劃的十字路口，我選擇了暫停，讓身體有機會重新開機。

雖然長久以來致力於自然知識的推廣與傳播，但我在台北的生活卻是一點都不自然，晚起晚歸，有時一整天也沒看到外面的太陽和天空，每天在工作進度中忙碌打轉，何嘗有機會停下腳步，感受一下陽光的溫度或是微風的氣息。想想真是格外諷刺，當時蝸居大廈套房的生活裡，與大自然的薄弱聯繫，竟然只剩下工作以及家裡可愛的寵物狗罷了。

不過1995年的暫停絕非停滯不前，而是展開與身體對話的漫長過

---

1 從空中俯瞰山城，近四十年的社區日益飽滿豐饒。

程。幸運的是，當時爸媽已搬遷至大台北華城的禾豐特區，於是我才有機會重新回到山的懷抱裡生活，從此與山城結下不解之緣，這裡也成為我的永久家園。

　　初來乍到，山城的一切都是新奇無比而且充滿生機，猶記得每天早晨是被吵嚷的鳥鳴聲喚醒，當時爸媽家旁還保有一片原生樹林，熙來攘往的熱鬧景象讓人難忘，甚至還曾目擊現在早已消失無蹤的老鷹。

　　清晨帶著狗兒弟弟、小莉到無人的荒地漫遊，時而被竹雞的「雞狗乖」響亮叫聲嚇一大跳，時而可卡犬弟弟以獵犬的本能發現擋土牆上水管口飛揚的蛇蛻皮。每一天

都有新的發現，讓我一點一滴重拾對大自然的記憶，原來這些生命一直都在我們身邊，只是匆促的腳步不曾為它（牠）們駐足停留。

　　二十餘年來，山城的風貌持續改變中，生活在這裡的生物相也不斷更新。像是以往夏天常聽到筒鳥（中杜鵑）的「布・布・布」聲，大概十餘年前就突然消失無蹤，後

2　華格納步道原是工程車通行的車道，閒置十餘年之後，逐步恢復舊觀，兩旁是龐雜而豐富的次生林。

3　悠閒午後是鄰居們帶狗散步、話家常的開心時刻。

4　與狗同行是生活在這裡的樂趣之一。

5

5　山城裡碩果僅存的樹林自然步道，被住戶暱稱為華格
　納步道，林蔭下走路健行，是許多人的最愛。

來看到鳥會的調查報告才得知筒鳥的生態似乎有了很大的變化。又如山城開發初期留有許多開闊的草地，當時每到冬天總會在公園的草地上目擊像風箏般掛在半空中的紅隼，精湛的飛行特技讓我看得目不轉睛。只是物換星移，隨著遷入人口日益增長，後來就不曾再度目擊紅隼的飛行英姿。

讓人驚喜的是，最近十年落腳華城的動物新住戶，包括台灣獼猴、台灣紫嘯鶇、台灣藍鵲等，無一不是台灣低海拔山區的原生動物，顯見山城的自然生態正在逐步恢復中，而牠們可以再度在這裡生活、覓食、繁衍下一代，華城山野的豐美不言而喻。

原本大規模的造鎮計劃把原生低海拔闊葉林一一鏟除，只有在支離破碎的陡坡上還保留著塊狀的原生樹林，生物的生存韌性令人讚嘆，歷經將近四十年的歲月，許多生命一一重新在華城現蹤，或許是牠們逐漸適應與人共居，找到夾縫中的生存空間。

而這一切的變化，讓我每天的山野漫遊充滿驚喜，與每一生命的偶遇與邂逅，豐富了我的生活，也讓我的散步充滿期待，更重要的是，山城不再只是人類的家園，而是人與生物共享的生活環境。

6

6　雲霧繚繞下的歐洲印象，是山城五大社區之
　　一。下雨過後常有類此的美景發生。

紅瓦白牆的
山城生活
Exploring the Nature of My Hometown

7 山城的俱樂部提供住戶
一般生活所需。

1997年我在華城的小房子終於蓋好交屋，歷經半年的裝修之後，就在夏季來臨之前與我的貓狗一起搬進這個紅瓦白牆的二樓小房子。當時整排的新建築沒幾戶搬進來，而我這棟四戶雙併的二樓建築更是只有我一戶而已。

當初之所以選擇二樓，除了陽台的無敵山景之外，其實也是考慮到自己的生活重心是貓貓狗狗，應該沒有太多時間照顧庭園，因此捨棄了獨門獨院的房子選擇。不過人算不如天算，後來反而意外擁有種樹的機會，也才有了今日樹木園的風貌。

原本四戶共有的庭園荒草漫漫，只有幾棵建商種下的小樹，於是因緣際會下展開了我的小小樹木園種植計劃。樹木是一切生態的基礎，挑選樹種自然以原生樹種為優先，其次則是個人偏愛的開花樹種，於是逐年栽種山櫻花、流蘇、十大功勞、燈稱花，後來為了每年春天的柚花香氣，又加種了一棵柚子樹。有一年社區收到林務局贈送的台灣肖楠樹苗，趕緊索取了兩株種在園中，加上原有的青楓、垂葉榕，我的樹木園終於大功告成。剩下的事就交給大自然，因為低海拔山區原本就是這些樹木的家園。

住在台北的朋友最常問我，生活方便嗎？去哪裡買東西？出門一趟不是很遠嗎？沒開車可以嗎？其實大家擔心的

都屬生活機能的問題，但我更在乎的是生活的品質問題。

　　這裡夏天的氣溫一般比山腳下的新店市區低了攝氏3度左右，只要是有風的日子，打開窗戶就非常涼爽，使用冷氣空調的機會很有限，即使是酷暑的七八月，僅在入睡時打開空調約一小時冷卻房間的氣溫，其他時間以循環風扇即可安度溽暑。冬天雖然多雨又寒冷，不過對怕熱遠勝於怕冷的我而言，冬天反而是極為舒適的季節。

　　而每逢周末的市集足以提供一切生活所需，來自宜蘭直送的蔬果魚肉，新鮮美味，最好的是少了到新店市場的舟車勞頓，輕輕鬆鬆在社區就可以買菜。其他如O.K.便利

超商、餐廳、美容院,以及夏天開放的游泳池等,生活機能可說是相當完備了。

對於像我熱愛帶狗散步的人而言,這裡簡直就是天堂。走出家門,整個社區都是我的散步公園,沿途綠蔭扶疏,空氣新鮮。繞一圈華城的社區道路,大圈的約需一個半小時,而小圈則只需半小時左右,另外還有許多穿梭巷弄間的步道小徑,以及樹林完整保留的華格納步道,即使是走了二十多年,依舊百走不厭。

8　夏季的戶外游泳池是住戶戲水消暑的樂園,非常有度假的氛圍。

9　周末市集的菜攤讓山城住戶可以享有宜蘭直送的新鮮食材。

10　周末市集的水果攤。

11 美麗的晨曦是山城的日常美景之一。

12

慢活的
生活實踐
Exploring the Nature of My Hometown

13

　　對於急性子的我而言，放慢生活步調，重新學習一切慢慢來，無疑是山城生活的首要功課。說來容易，但要扭轉三十餘年的習性真的很困難。急驚風的個性和俐落的工作自我要求，不知不覺總在加速之中，不論是腦筋的轉動，說話或吃飯的速度，完成工作的進度目標，自律嚴謹

的背後是持續的消耗。

　　搬到山城之後，首先花了很多時間學習無所事事，而貓狗就是我最好的老師。他們每天的生活單純無比，嬉戲、散步是樂趣，肚子餓了好好吃飯，累了就睡。人們常愛說活在當下，其實大自然的動物無一不是如此。

　　活在當下，是動物活下去的必要條件，一切再自然不過，而我們擁有太多，以致遺忘這個原本就存在的本能。活在當下，好好品嚐食物的美好，而不是為了應付三餐。活在當下，好好大笑，痛快哭泣，讓情緒適度釋放。活在當下，關心周遭的訊息變化，關心家人、朋友，願意伸出援手。

　　放慢腳步之後，心靈的敏銳和感受持續改變中，於是四周景致的些微變化也能清楚接收。微風襲來，窗前的木製風鈴發出清脆的鈴聲，幸福感自然湧現；空氣中傳來的花香，讓我貪婪地享受這一刻；樹木園裡傳來冬夜的迴旋曲，知道台北樹蛙安然在此求偶，心裡格外踏實。

　　慢慢活，慢慢感受生活的一切，即使短暫的數十寒暑，依然可以是豐富之旅。

12　庭園木地板上飄落的櫻花花瓣，是春的印記之一。
13　山城生活的寬闊空間及悠閒步調，非常適合孩童的成長。
14　水面上的花瓣及殘破荷葉，美不勝收。

夜
如風

在夜裡聽了各種奇奇怪怪的聲音之後，我滿心歡喜，迎接早晨。
── 約翰·繆爾

睽違已久的台灣
藍鵲，終於回到
華城落地生根。

寂靜卻不寂寞的
台北山城
Exploring the Nature of My Hometown

太陽對山巒的招呼多麼美好！

—— 約翰・繆爾

位於台北盆地外緣山坡地上的大台北華城，海拔高度約300至500公尺之間，距離新店市區約7公里，與花園新城隔著直潭、新店溪對望，還可以遠眺烏來山群，群山環繞的景致讓人宛如置身大都會區之外的桃花源。

遠離塵囂的山城，開車至台北都會中心不過短短三、四十分鐘，即使是搭乘社區巴士再換乘新店松山線捷運或公車等公共運輸系統，也僅需耗時一小時左右。這樣的距離可說是恰到好處，既可享有豐饒的山區大自然，卻又不失都會生活的便利性。

生活在這裡，滿眼綠意，到處都是樹木，有的是當初保留下來的原生樹種，例如各種楠木，有豬腳楠、大葉楠等，還有小葉桑、構樹、相思樹、茄苳、雀榕、榕樹等混生的雜木林，這些破碎坡地殘存的樹林，因為社區裡人工栽植的樹木日益茁壯，終能連生一氣，構成生物生存重要無比的廊道。

---

1 春天的山櫻花綻放，是山城家家
戶戶最熟稔的美景之一。

2

2 高踞山頭的社區，歷經
近四十年的歲月，逐漸
蛻變為自然的山城。

願意搬到山上居住的人們，多半懷抱著夢想，希望在自己擁有的小塊土地上，種植一些自己喜愛的花草樹木。這樣的想法無可厚非，只是人們在種植或是照料花園的過程中，是否曾經意識到，土地絕非你我人類所獨有，還有許許多多的生物生活其間。

　　以前爸爸的庭園裡堅持種植大片的韓國草皮，只是嬌弱又需大量施肥的韓國草終究難敵昆蟲大軍的啃食，每年季節轉換之際，常吸引無數的斜紋夜盜蟲（俗稱土蟲或行軍蟲）前來覓食，短短幾天之內，韓國草皮被吃得精光，一片枯黃，元氣大傷。

　　照顧花園的園藝商建議噴藥以驅蟲，我實在反對在自家花園用藥，但爸爸還是堅持拯救他的草皮。於是年復一年不

3　鳳蝶類的幼蟲肥肥胖胖，好不可愛，不時伸出豔紅色的臭角以驅敵自衛。

4　咸豐草的花朵常年盛放，是蝴蝶的重要蜜源植物之一。

5　自然美景隨處可得，葉片上的蝗蟲正忙著傳宗接代的大事。

6　夏天是蜻蜓出沒的季節，寶藍色的呂宋蜻蜓可說是自然界的寶石。

斷循環類似的事，直到有一天他終於想通了，願意放棄花園中的韓國草皮。後來為了讓狗狗可以自由在草地上奔跑，並且考慮到耐踩踏以及粗放栽培的前提下，建議他選擇狗牙根草（又稱百慕達草），於是爸爸的花園終於進階至可與山區動物和平共處的生機花園，不再施用任何化學藥物，肥料也多半使用長效型的有機肥。

以韓國草為例就是想清楚傳達一個想法，雖然花園並非農作，但適地適種還是共通的原則。大台北華城原本就是低海拔的闊葉林山坡地，昆蟲相極為豐富，在花園栽種不適合的園藝植物或樹種，無非自尋煩惱，更何況為了防治草地的蟲害而噴藥是一場必輸的戰爭，在自家花園尤其要避免才是。

看似遙遠的大自然，其實生活周遭無處不是自然，路

旁的野花，山坡上的樹木，草地上的無數昆蟲，啾啾鳴叫的野鳥，無一不是生活環境中的一份子，善待我們的土地，與動植物共同分享我們的生活空間，一步一步重現荒野，豈不善哉？

只是這樣的想法尚需努力，連說服自己的爸爸都要花費數年的工夫，更何況是整個社區的共識。幸而大自然自有其步調與方式，至少以旁觀者的角度觀察，即使許多空地的建案依舊進行中，但是華城整體的生態豐富程度卻是越來越讓人期待，無時無刻，在這個寂靜卻不寂寞的山城裡，我持續偶遇來自荒野的生命。

7　夕陽下的落羽松，蕭瑟卻不寂寥。

8　遠眺美麗的山景，庭院內梅花開得正盛，是山城的日常景致。

9 從山城的制高點觀景台，俯看台北盆地全景。

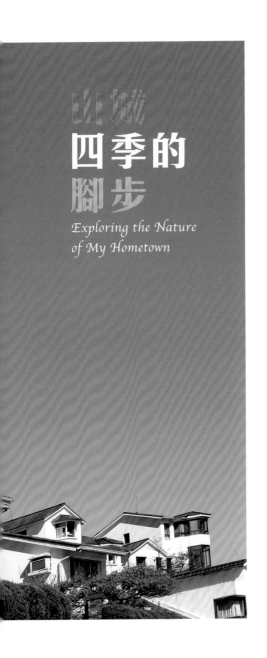

山城
四季的
腳步

*Exploring the Nature
of My Hometown*

感受山的美好訊息。
—— 約翰·繆爾

　　住在山城之後，對於
季節變換的腳步格外敏
感，有時是花朵，有時是
葉片，甚而是不同的蟲鳴
鳥叫聲，再再提醒著來自
季節的美好訊息。

　　舒適溫暖的春天是許
多山城住戶殷切期盼的美
好季節，漫漫冬天的低
溫加上綿綿冬雨，戶外活
動的強度大為降低，筋骨
缺乏鍛鍊，人都快要長
霉了。最怕的是冬天刺
骨的寒風，雖然緊緊包裹

1　山城的住戶多半都會栽植
　山櫻花，盛開的山櫻是春
　天最美的風景。

著厚重冬衣與冬帽，臉蛋還是感覺到龜裂的刺痛感。對我而言，每天例行的帶狗散步還是不可少，只是寂寥的冬季裡，連動物也不愛現身，常躲得不見蹤影，自然少了許多樂趣。唯一堪以慰藉的是台北樹蛙補上了冬夜的空白，迴旋曲般的求偶鳴聲，是冬夜的至高享受。

幾年前在樹木園的樹下扦插一些不同花色的大花曼陀羅，強旺的生長習性讓它們馬上佔據了林下，一年又可開花數次，濃郁的花香更是額外的享受。最棒的是，自從栽種大花曼陀羅之後，可能是林下的遮蔽性更好，似乎讓台

2

北樹蛙非常滿意，於是開始在我的樹木園長住下來。冬天夜幕低垂，園內的台北樹蛙迴旋曲開始演奏，而我只需待在溫暖的窗前，就能日日欣賞這專屬的冬天蛙類音樂。

對我而言，春天的訊息多半來自草地，原本安靜的綠色草地上，小花開始冒出頭，意味著春天腳

2　春天的月桃是山城的嬌點之一。
3　仙丹花上的鳳蝶，正是紅美黑大方的最佳寫照。
4　純白的梅花在隆冬季節率先綻放，預告著燦爛的春天花季不遠了。

步近了。率先冒出的多半是紫色的通泉草，一開始只是少數，並不特別顯眼，隨著白天氣溫的回升，草地上的點點紫花越來越密集，即使個頭很小，還是足可成為春天第一個上台的巨星。不過要看見野花的美麗，一定要低下身欣賞。緊接而來的熱鬧野花景致，有黃的、白的、紫的，還有紅豔的小蛇莓點綴其間，讓人目不暇給。

只是這樣的美景稍縱即逝，社區的景觀維護廠商總是定期割草，野花往往還來不及盛開，結籽散播下一代，就已遭到鏟除。其實在住戶活動的公園或步道兩旁割草，是可以理解的，但連山坡地的草叢都一併除草，就有點多餘了。在沒有人類活動的空間，應該多多保留這些野花野草，看似不起眼的植被是許多小動物的生存環境，牠們在這裡覓食、躲藏、休息，除草機的轟隆聲就像是家園遭受轟炸一般可怕。月復一月，社區的除草作業依舊照常進行，幸而經過爭取之後，現在山坡地草叢多有保留，而不

再被剃得精光。

　　只是春天野花之美少有人欣賞，大家目光的焦點永遠是滿樹燦爛的山櫻和日本櫻花。山城的環境條件非常適合栽種山櫻花和日本櫻花，讓我們無須舟車勞頓出外賞櫻，的確是幸福的美事。

　　桃紅色的山櫻每每率先綻放，有單瓣、重瓣等不同品系陸續登場，開得好不熱鬧，是社區冬末春初的盛景。桃紅山櫻開完萌生新葉之際，該是粉紅山櫻上場的時刻，淡雅脫俗的花色又是另一番風景。最後的壓軸則是日本櫻花，一般都是進入三月之後才開始綻放，是山城春天的重頭戲。

　　除了燦爛的花朵之外，春天的新葉、新芽一樣讓人嘆為觀止，原本靜悄悄的楠木林，枝條上的冬芽飽滿而蓄勢

5　　6

7

待發，最終苞片一一崩裂，新葉與不起眼的綠色花序一起釋出，滿樹新綠嫩紅，好不美麗。就連雀榕也不忘來湊熱鬧，脫掉滿樹的老葉，更換新葉的過程是野地最美的風景之一，新葉的白色苞片飄落，一點都不比櫻花遜色。

　　眾家植物花朵盛放之後，自然是蝴蝶飛舞的季節，斑蝶、粉蝶、鳳蝶在花叢間徘徊吸蜜，豔麗的色彩與花朵相

5　刺蛾類的幼蟲體色鮮豔，又長有刺毛，正是提醒切勿靠近的訊號。

6　紫花藿香薊花朵上的八點灰燈蛾幼蟲，渾身長毛也是警告生人勿近。

7　細蝶類幼蟲進入化蛹階段，仔細端詳，不愧是大自然的傑作之一。

8

映成趣。即使難以辨識這些蝶蛾的種類，光是欣賞牠們的舞姿就值回票價了。

　　隨著氣溫一天天變得更加暖和，動物開始忙著傳宗接代的大事，山城就更加聒噪熱鬧了。白頭翁、紅嘴黑鵯、綠繡眼、金背鳩無不開始成雙入對，而台灣紫嘯鶇、五色鳥的求偶歌曲更是春夏之交的主旋律，讓人感受到山城旺盛無比的生命力。

　　進入炎夏之後，取而代之的是蟬鳴蛙叫，聲嘶力竭的蟬鳴是白天的主角，而夜晚則換上腹斑蛙的給給給，或是貢德氏蛙的低沉狗吠聲，以及白頷樹蛙的敲竹竿聲，讓夏天充斥著各式各樣的奇特聲響，喧囂熱鬧的夏天讓高溫的天氣變得可愛許多。

　　炎炎夏日結束之後，秋天的腳步並不特別明顯，只看見樹木結實累累，或是落葉樹開始做換裝的準備，讓葉片逐

漸變色脫落，並將珍貴的養分回收以安度冬天。此時芒草花穗也紛紛冒出頭，是許多荒地的主角，而芒草叢不時還會伸出模樣可愛的野菰，是秋天有趣的欣賞對象。

年復一年的四季更迭，看不完的自然景致，是生活在這裡的極致樂趣。

10 青斑蝶正在咸豐草的花朵上吸蜜，是山城夏季常見的景致。

11 獨角仙是夏天的昆蟲主角。

12 美麗的黑脈樺斑蝶很容易吸引人們的目光。

12

百年
一見的
瑞雪

Exploring the Nature
of My Hometown

每棵樹木都好興奮，
宛如崇拜似地
向怒吼的狂風鞠躬、
招手、轉圈，
熱烈無比地搖晃著枝椏。
—— 約翰‧繆爾

　　2016年1月24日清晨一覺醒來，發覺整個世界變成黑白了。

　　一開始頭腦還不甚清醒，只覺得窗外飄落的白色點點很奇怪，到底是什麼呢？直到看到樓梯、屋頂和樹木都覆蓋著靄靄白雪，突然驚醒過來，難不成真的下雪了？

　　驚喜之餘，也顧不得換掉睡袍、睡衣，拿起手機衝

１　紅瓦白牆的山城成為白茫茫一片的雪國。

到戶外，想要為這一刻留下珍貴影像。這才發現原本周末大多晚起的鄰居們，大家早已迫不及待地拍著、笑著，連小朋友都不畏寒冷地在雪白一片的草地上開心玩著。

原來氣象局一直預報的霸王級寒流真的成真了。

很難想像位處亞熱帶的台灣低海拔山區看得到下雪的景致，大概生長在這裡的樹木、花草也是頭一遭吧！看著熱帶的棕櫚樹上覆滿白雪，真是奇特無比的景象，連大自然都亂了套。

其實早在2015年就有跡可循，只是台灣正忙著總統大選，全體陷於政治狂熱症，無暇他顧，大自然的異象大多被忽略或是視而不見。這一年的聖嬰現象是史上最強的一次，全球升溫難以逆轉，年底的耶誕節因為大西洋颶風挾帶溫暖氣流一路北上，而變得溫暖無比。只是溫暖耶誕過

2   3

後隨之而來的極端寒
潮，席捲了大半個北
半球。來勢洶洶的暖
空氣源源不斷輸入北
極，造成原本穩定的

極地渦旋突然分裂成多股南下的寒流，而產生了2016年1月
下旬驚人無比的北半球寒潮。

2　綠籬上疊滿白雪，此情此景著實讓人難以置信。

3　宛如南柯一夢的白色雪景。

4　原本綠油油的草地覆滿白雪，有種黑白照片的錯覺。

5　仔細端詳草地上的白雪，是貨真價實的雪沒錯，氣候劇變的現象還
　　有誰可以否認。

6　一整天細雪濛濛，出外散步還得撐傘。

7 遠眺山城四周的群峰，
山頂一樣白了頭。

這一股被稱為霸王級或帝王級的寒流於1月23日晚間抵達台灣，配合了各地的水氣條件，於是大半夜裡台灣北部的低海拔山區和全台的中高海拔山區，紛紛飄下白雪，形成前所未見的銀白世界，而全台各地的氣溫也一路溜滑梯，體感溫度創下難得一見的低溫。

　　當天臉書的熱絡分享應該刷新了紀錄吧，連我這剛換智慧型手機的新手，也忙著貼文記錄下這一天。接下來媒體對山城雪景的大篇幅報導，蜂擁而至的賞雪遊客在長達七公里的山路上綿延不絕，真的是創下許多第一次的全新紀錄。

　　眾聲喧嘩下，我依舊在下午帶狗出門散步，為狗狗穿上雨衣，一起在今生只有一次的白色山城裡漫步，空中靜靜飄落的細小雪花，來不及抵達地面即消失無蹤。走在無人的小徑上，貪婪地欣賞眼前的景致，人生不過短短數十寒暑，有生之年竟然可以親眼見證氣候劇變下的奇特景象。

　　身為都市人或許還有欣賞美景的餘裕，但這一次的霸王級寒流在全台各地造成的農漁損失難以計數，讓辛苦一年的農作或養殖漁獲付諸東流，甚至連帶影響了整年度的水果產量及價格。氣候暖化正在影響每一個人的生活，不是嗎？

幸而霸王級寒流來得快，去得也快，隔天起床後，喜見山城恢復了多彩多姿的色彩，而對面山頭的白雪也消融無蹤，一切宛如南柯一夢。

8　落羽松光禿枝椏上的皚皚白雪，讓華城宛如北國雪城的景致，是百年僅見的奇景。

台灣藍鵲

回來了

Exploring the Nature
of My Hometown

1

並非鳥兒很堅強，足以承擔一切，
而是牠怡然自得，生活中沒有任何勉強之處。
—— 約翰・繆爾

台灣藍鵲是台灣野鳥裡的漂亮寶貝，一身寶藍色鳥羽，搭配黑頭紅嘴紅爪，加上長長的藍白相間尾羽，真是集大自然的寵愛於一身，台灣藍鵲的美麗是如此傲視群鳥。

以前想在華城看到藍鵲，幾乎是不可能的任務，當時好羨慕住在對面山頭花園新城的朋友，因為那裡的台灣藍鵲非常容易看到，有一年還特地前往花園新城去看藍鵲築巢。

不過大概從十年前開始，台灣藍鵲開始現身華城，畢竟這整個山谷原本就是牠們的家園。一開始只是偶見呼嘯而過的藍鵲群，後來出現的機率越來越頻繁，每每看到整個家族在樹林間嬉鬧遊戲，感覺牠們正在試探移居至山城。

這幾年社區裡更是不停地發現台灣藍鵲築巢，顯然牠們已經在這裡落地生根

1　展開雙翅高飛的台灣藍鵲，可以清楚看到獨一無二的美麗尾羽。

2　飛行技巧高超的台灣藍鵲，給予我們無可比擬的視覺饗宴。

3

了。今年5月間華城的棕櫚泉公園裡，在大楓香樹上築巢的藍鵲，不時傳出驅趕住戶的事件，有的鄰居站在站牌等候社區巴士，慘遭打頭驅離，後來不得不暫時把站牌移開。有一天傍晚帶狗散步經過，遠遠站在公園外欣賞其他成年藍鵲的美姿，心想這麼遠應該很安全，而且前面樹梢上的藍鵲似乎也很自在，誰知頭頂突然被沉沉一擊，嚇了一大跳，原來有一隻藍鵲從後面偷襲我。

　　不過動物真是非常有節制，對藍鵲家族而言，巢內的新生命是整個家族最重要的寶貝，所有成員都會竭盡全力

保護，不論是人或動物都不許靠近，但牠們無意傷人，所以拍頭時根本不曾以爪攻擊。幸而藍鵲是如此美麗，人們對牠們的容忍度出乎意料地高。直到小藍鵲順利成長離巢之後，山居的日常生活又恢復了寧靜。

　　台灣藍鵲是鴉科的群居性鳥類，是台灣特有種鳥類，體型碩大，加上智商又高，使得觀察牠們成為樂趣無窮的

3　台灣藍鵲在花園裡的水池喝水棲息，如今已是山城的日常景致。
4　台灣藍鵲從原本的過客，終於正式在紅瓦白牆的山城裡定居下來。

活動。有一次晨起帶狗到八號公園，遠遠就聽見眾鳥喧囂塵上，心想一定有事。走近一看，果不其然，公園內的大茄苳樹上來了一隻落單的藍鵲，旁邊大雀榕上的白頭翁、紅嘴黑鵯、灰樹鵲不停地發出尖鳴，還同心協力在藍鵲身旁穿梭驅趕。好難得一見的畫面，一般野鳥是不敢招惹藍鵲，因為牠們大多成群活動。而這隻落單的藍鵲可能太過靠近其他小鳥築巢的位置，才會惹得眾鳥群起而攻之。不過藍鵲知難而退之後，一場熱鬧的野鳥秀就此畫上句點。

還有一次傍晚帶狗走在社區道路上，道路的右側全是原生的樹林，左側則是住家，突然之間藍鵲家族現身了，一整群長尾山娘一隻接一隻向前飛行，井然有序，感覺其中還有負責壓陣殿後的藍鵲，隨時注意周遭的安全，好讓家族順利通過。

原來這就是廣為流傳的長尾陣，宛如藍色彩帶般飛舞的畫面，真是太美了！何其有幸，讓我在散步的途中親眼見證了台灣山谷的絕美畫面。

5

6

5 草地上昂首闊步的台灣藍鵲，神氣極了！

6 鳥羽的絕妙配色，在台灣藍鵲身上展露無遺。

與台灣獼猴

為鄰

Exploring the Nature of My Hometown

野猴跳躑上下，向人作聲。
── 郁永河

2

　　台灣獼猴是台灣島上人類唯一
的靈長類夥伴，也是台灣特有種動
物，以前廣泛分布於全台海拔3000
公尺以下的山區，但隨著人類的開發腳步，人們的居所與
獼猴多有重疊，加上天然森林的大幅萎縮，使得獼猴節節
敗退。1980年代為了保護殘存的台灣獼猴族群，將獼猴列
為保育動物，以避免步上梅花鹿的絕種不歸路。幸而隨著
自然保育觀念的進步，台灣獼猴目前全台灣約有一萬群左
右，總數在25萬隻上下。

　　大台北華城位於300至500公尺之間的低海拔山區，當
然也是台灣獼猴的原生家園之一。三、四十年前的造鎮計
劃，人為干擾之大，讓台灣獼猴消失無蹤，而陸續遷入的
住戶自然無從得知以前闊葉林的豐饒生命景象。

　　直到十幾年前的夏天，先是在秀岡大橋上開始出現台

1　青少年階段的台灣獼猴，大膽而好奇。
2　山城的大馬路旁經常可見台灣獼猴出沒，為此還特地豎立了「動物
　　出沒注意」的告示牌。

3

4

灣獼猴家族，黃昏時刻總見小獼猴成群嬉戲，穿梭橋旁的原生樹林，大膽一點的還會在橋墩攀爬遊戲。大公猴氣定神閒地坐在橋上，一方面照應猴群大大小小的安全，一方面不忘緊盯我們這些鬼祟的人們。那年夏天的黃昏到秀岡橋賞猴成為社區最熱門的活動。

就這樣開啟了華城與台灣獼猴為鄰的親密緣分，隨著自然生態的優化，足以提供獼猴所需的豐富植物性食物來源，猴群日益壯大且分裂成許多小群家族，鄰居們目擊獼猴的頻率越來越高，從初始的興奮難以抑止，到現在早已習以為常，台灣獼猴正式成為華城的長住居民之一，是華城的日常風景之一。

不過每年獼猴的活動還是會在社區掀起波瀾，成為大家茶餘飯後的聊天素材。有幾年陸續發生年輕而大膽的公猴入侵住家尋找食物，發生不少趣

事，就連我在二樓的住家也不得倖免，家裡的水果被丟得滿地都是，貓咪驚嚇到不行，躲得不見蹤影，不過狗狗倒是一派輕鬆，可能是獼猴站立起來就像個小孩，牠們並不害怕。獼猴到府一遊沒有造成什麼損失，只是需要為貓咪收驚罷了。

居住在大台北地區，竟然有機會與台灣獼猴為鄰，真是意想不到的幸福。

3　出生不久的小獼猴從母猴懷裡探出頭來。
4　台灣獼猴的母猴與小猴相依偎，母子情深的畫面讓人感同身受。
5　青少年階段的台灣獼猴經常一起活動玩耍，是重要的社會化過程。
6　不宜直視成年台灣獼猴的雙眼，很容易被誤以為是挑釁的舉動，一旦出現警告的訊號，最好馬上退後離去。

簡單的
幸福滋味
Exploring the Nature of My Hometown

風會把清新的氣息吹入你的體內，
而暴風雨會給你力量，一切煩憂將如秋葉飄落。
—— 約翰·繆爾

幸福的滋味是什麼？是與所愛的人攜手共度一生？照顧摯愛的孩子直到長大成人？還是陪伴年老的父母安享晚年？抑或是與摯愛的毛小孩共享生活點滴？不同的人想必答案不盡相同，但幸福的人生無疑是每個人的渴求之一。

詩人克爾克在隨筆一書中曾深刻描述過幸福的滋味：「是怎樣一個幸福的命運，在一所祖傳的寂靜小屋裡，置身於安靜的物件中，外面嫩綠的園中，清晨能聽見山雀試唱，還有遠方的村鐘鳴響。坐在那裡，注視一道溫暖的午後陽光，想起昔日少女往事。……我也許只擁有一間屋，我在那裡生活，帶著我的舊物，家人的肖像和書籍。我還有一把靠椅、花、狗，以及一根走石路用的堅實手杖，此外不需要別的。……我該在那裡書寫，我會寫出許多，因為我有許多思想和許多回憶。」

---

1 橘紅色的蜻蜓讓人眼睛為之一亮，此為
紫紅蜻蜓的雄性未成熟個體。

住在山城之後，幸福變得容易許多。

　　對於熱愛動物且每天出外散步的我而言，與動物的不期而遇成為每天的喜樂來源，知道牠們可以安然地在山城生存下去，讓我心安不少，特別是有機會目擊新生命的誕生與延續，更有種難以言喻的滿足感。過往二十餘年的點點滴滴回憶，讓我的生命充滿幸福的滋味。

　　下過大雨的夜晚，散步途中不斷遇見跑到道路上的盤古蟾蜍，只能一邊走路，一邊把牠們驅趕到路旁的草

2　色彩豔冠群倫的鳳蝶，永遠是視覺的焦點。
3　美麗的斑蝶是山城常見的嬌客之一。
4　迷你的小灰蝶在咸豐草的花朵上吸蜜。

叢，避免成為無辜的車下亡魂。

　　路過公園旁的道路，巧遇過山刀橫越馬路，幫牠看著左右來車，直到牠順利鑽進公園的草叢內為止。馬路如虎口，對山區動物尤其危險無比。

　　微雨的夜晚裡走在社區步道上，無意間撞見一對鼬獾的雙胞胎寶寶，稚氣未脫的圓滾滾臉龐，好奇地探索環境，這個珍貴畫面讓我高興好久。

　　原本停棲在屋簷上的領角鴞，突然在我面前飛起，無聲無息地飛往樹林裡，讓我有種置身哈利波特魔法學校的錯覺。

清晨的山徑上目擊竹雞帶著一群小寶寶覓食，警覺性極高的牠們永遠走在路旁草叢邊，一有風吹草動，馬上遁逃入草叢。

初夏夜晚從爸媽家走路回家，燈光昏暗的通聯道路上，迎接我的是兩

6

5 光臘樹的樹幹被獨角仙咬出的傷口，滲出的樹汁吸引黑尾虎頭蜂前來吸吮。

6 日本姬螳的五齡若蟲，是無意間發現的驚喜。

7 咸豐草花叢上忙著採蜜的野蜂。

7

旁草叢的螢光大道，一閃一閃的螢光，預告著炎熱夏季即將到來。

梅雨季節過後，門前裸露的草地上，一定可以找到準時報到的狩獵蜂身影，清晨一陣忙碌過後，草地上多了許多剛挖好的小洞。

夏日傍晚時分，剛出門散步就聽見小彎嘴畫眉伊呼伊呼的喧鬧聲，以及成雙入對的金背鳩在樹梢間卿卿我我。

夏日裡，七里香綠籬盛開白色香花，香氣濃郁，遠遠就聞到了。想必長喙天蛾也接收到花朵的訊息，一隻隻長喙天蛾以高超的飛行技術穿梭花叢吸食花蜜，那種飛行的模樣真的跟蜂鳥十分雷同，不過是縮小版。

炎炎夏日的背景音樂是震耳欲聾的蟬鳴，常在樹幹上或葉背上找到蟬蛻，渾身是泥的蟬蛻，清楚說明牠們剛從地底下鑽出來，蛻殼後的重責大任就是繁衍下一代。

獨角仙是夏天甲蟲之王，可愛的外形讓人愛不釋手。常在構樹或光臘樹上找到鍬形蟲和獨角仙，構樹的橘紅色果實和光

臘樹樹身的汁液，餵飽了多少森林小動物。

　　大自然的四季更迭，無數的日子裡在山城漫遊，感受豐饒的生命景象。生活在這裡，散步走路讓我們有機會看到許多稍縱即逝的自然事物，而放棄散步的樂趣無疑少了許多幸福的可能。

8　夏天是獨角仙大量出沒的季節。

9　獨角仙忙著傳宗接代的大事，還不忘以強壯大顎在樹幹啃出裂縫。
　獨角仙在光臘樹幹上造成的傷口，滲出的樹汁可以餵飽許多昆蟲，
　是獨角仙對森林生態的重要貢獻。

來自
風的訊息
Exploring the Nature of My Hometown

1

又是美好的一天，
肺吸入空氣時，
宛如舌尖嚐到美味的花蜜。
—— 約翰・繆爾

　　有句傳頌一時的廣告詞：「生命就該浪費在美好的事物上」，為我們的消費行為提供了振振有詞的立論。偶然間讀到吳明益老師的散文，講到步行的美好，其中有一段引自『曠野旅人』一書的文字：「走路花的時間長一些，因而延長了時間，延長了生命。生命過於短暫，不應浪費在速度上。」雖然無從得知廣告人的靈感是否源自於此，但是現代人汲汲營營一生，無不

1　暮光中的山景，襯著微亮的天空，構成了特殊的視覺美。

追求效率與速度，這段話宛如暮鼓晨鐘般發人深省。

　　生命如此短暫，慢慢走，放慢速度體會珍貴的每一刻，無疑延長了生命的長度。而速度是消耗，是浪費，是與美好事物擦身而過的遺憾，年過半百之後，更有種深刻的體認。

　　走在大自然裡，人的五官體驗中，常以視覺為先，聽覺為輔，不過偶爾嗅覺會喧賓奪主，先是感知到強烈的氣味，既而循味探究，找到氣味的源頭。只是我們的嗅覺能力實在難以與其他動物相抗衡，常常都是狗兒先察覺異樣，才會留意到一些蛛絲馬跡。不過唯獨花朵的香氣例外，狗兒對這類植物的氣味完全沒反應，主要也是跟牠們的生活無關吧！

2

　　印象最深的一次是大雷雨過後，走在社區裡，空氣瀰漫著一股難以言喻的氣味，原來是經過雷雨

2　在仙丹花叢中出沒的橙端粉蝶，是輕盈的花中仙子。

3　燦爛的夕照襯著紅瓦白牆的山城，又是美好一天的結束。

4　美麗的石牆蝶停棲在黃裙竹笙上，竹笙孢子囊的強烈氣味常會吸引蝴蝶這類的逐臭之蟲。

5

的強大能量撞擊之後，空氣中釋出大量的負離子，就像是
強大瀑布前常有高濃度的負離子產生般，第一次真切感受
到負離子的特殊氣味。

　　社區的住家綠籬普遍栽植容易照料的桂花和七里香，
於是散步途中常有突如其來的香氣撲鼻而來，桂花的花朵
雖小，數量多就力量大，甜甜的香氣有種內斂的含蓄美，
讓人忍不住想一探究竟。相較之下，七里香的氣味就濃郁
多了，熱情奔放，是全然的夏日風情。

夏夜裡還有另一種我很喜歡的植物會綻放花朵，三角柱仙人掌在沒開花之前，顯得粗獷無比，隨著溫度的上升，碩大的花苞從綠色莖幹上紛紛冒出頭，花苞不斷飽滿成長，最終到了盛放的時刻。三角柱仙人掌的花朵只在半夜盛開，每朵花

<hr>

5　雨後的華城，空中出現一道完美的彩虹。
6　烏雲密佈的山城，下雨天是家常便飯。
7　夏夜盛放的三角柱仙人掌，氣味清香宜人。

只能綻放一次，到了清晨就枯萎凋零，與曇花的特性極為類似。為了一睹芳顏，就得摸黑上路，還好那燦爛的容顏確實名不虛傳，還有股淡淡的清香，應是為了吸引蟲媒而散發。夏夜裡的三角柱仙人掌，純白而清香的花朵宛如清流般讓人清涼不少。

大花曼陀羅是另一種讓我著迷的植物，生命力之強盛簡直到了匪夷所思的地步，隨便剪一段枝條，插在土裡一段時間，就開始長根萌葉。沒多久，碩大結實的葉片快速伸長，很快就長成鬱鬱一片。

喜歡這種無須額外照料的植物，而且它的花朵更是難得的紅利，一年可開花數次，向下垂放的喇叭狀花朵，極有觀賞價值，而且夜裡會傳來陣陣濃香，香氣非常濃郁。

　　隨風而來的訊息，接收與否端視人們是否願意感受。住在山城，無時無刻皆有來自大自然的訊息傳來，錯過了著實可惜。

8　大花曼陀羅的花朵碩大，夜裡會散發濃郁的
　香氣，應是為了吸引蟲媒。

9　華燈初上的山城，夕陽餘暉讓人倍感溫暖。

每年初夏時分的燦爛螢光，
是社區的自然盛事之一。

徐

如林

要瞭解宇宙，最
好的方式就是透
過森林原野。
—— 約翰・繆爾

樹林的
生命韻律
Exploring the Nature
of My Hometown

陽光穿入樹林，大自然的寧靜流入你心。
—— 約翰・繆爾

　　想要在住家社區附近享受森林漫步的樂趣，可能嗎？幸運的是，華城雖然歷經了多年大規模的山區開發造鎮，當初意外保留下一條工程車的通道，兩旁樹林雖然不是真正的原生闊葉林，而是混生的次生林，但對於山城而言，是彌足珍貴的大片森林，沒有車子和住宅的人為干擾，使得這裡的生態極為豐富，也是喜愛散步健行的居民，每天必走的路徑，我們將之暱稱為華格納步道。

　　華格納步道有簡單的道路鋪面，走起來安全舒適，從清晨四、五點一直到黃昏五、六點，不乏運動或帶狗的人，或三兩成群，或單獨健走，甚至有人一天走好幾趟而樂此不疲。

　　在樹林裡，我們可以直接與大自然面對面接觸，這種經常性的面對，對於都會人尤其意義重大。進入安靜、空曠的樹林內，微風吹拂，蟲鳴鳥叫，讓人的心靈放鬆沉澱，進而得到舒緩。眼前宛如流動般綠意盎然的森林，

1　樹幹上緩緩爬行的斯文豪氏大蝸牛，十分常見，蝸殼上有小蟲搭上順風車。

不停刺激著我們的感官，同時也引領我們探索更深層的內在。生活裡可以擁有一大片樹林，是莫大的福份。

　　華格納步道一年四季有其獨特的步調，春天裡樹木忙著萌生新芽、新葉，自然吸引大小獼猴群前來覓食，特別是多了一些冬天剛出生的小獼猴，緊緊依偎在媽媽懷裡，小臉龐格外惹人愛憐。有時清晨就在步道上巧遇獼猴群，

人猴相安無事，快步通過即可。下午時分獼猴群大多移至樹林深處歇息，偶爾聽見樹枝彈跳的聲音，大多是調皮搗蛋的青少年獼猴忙著嬉鬧遊戲。

2　白頭翁（左）和灰樹鵲（右）是社區的長住鳥類，同屬大嗓門的聒噪鳥，有牠們在，樹林永遠熱鬧極了。
3　秋冬之交青楓葉片開始轉紅，是山城的季節訊息之一。

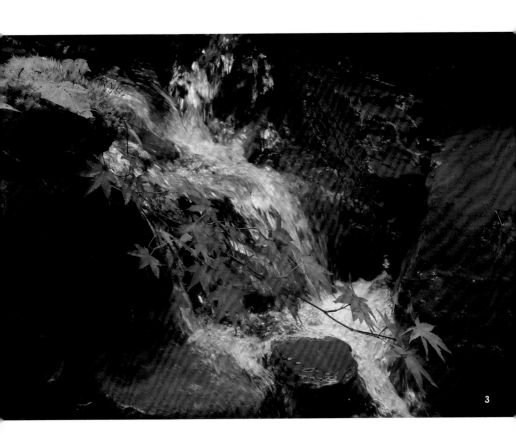

3

炎炎夏日裡，華格納步道在濃密樹林的庇蔭下，有源源不絕的天然冷氣，走在步道上，足以遠離酷暑肆虐。兩旁樹林震耳欲聾的蟬鳴，在野花草叢間飛舞的蝴蝶，豐富無比的夏日風情讓人流連忘返。

秋天過後，樹木開始結實累累，獼猴群又跟著食物移至華格納步道，有的會一直待到冬天，有的則會往下遷至海拔較低的溫暖山谷過冬。曾經有鄰居在清晨巧遇山豬，驚鴻一瞥讓人驚喜不已。逐食物而居是生活在大自然的動物無可避免的宿命，而我們與牠們的每一次邂逅都彌足珍貴，因為每一瞬間可能就是今生唯一的一次。

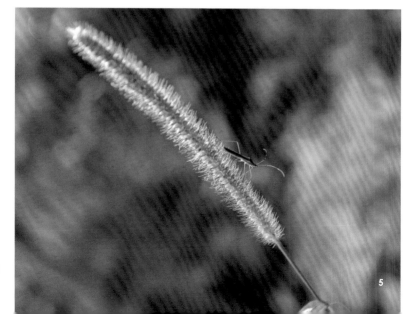

4 　在草地上悠閒進食的赤腹松鼠，是山城數量頗豐的哺乳動物。

5 　禾本科植物花穗上的小昆蟲，有種悠閒從容的美感。

6 　月桃的白花串在山壁上懸垂而下，是初夏的荒野嬌點之一。

7 　蛇目蝶的種類極多，是林下常見的蝶類之一。

8 　停棲在嫩葉上的姬紅蛺蝶，一身燦爛無比的花紋，讓人目不暇給。

9 　豔麗無雙的皇蛾，是原生樹林裡的大型蛾類，以前很容易發現，但
　　近年幾乎不見蹤影。

散步在華城
Exploring the Nature of My Hometown

我原本只想出門散散步，卻在外頭待到日落，
因為我發現，「出走」其實是「回歸」。
—— 約翰‧繆爾

　　自從1995年搬到山上之後，就無可救藥地愛上了華
城，我想像中的理想家園在這裡百分之一百成真。每天的
散步總有發現不完的驚喜等著我發掘，對於熱愛自然勝於
一切的我，不論是理性或情感上，總能得到莫大的滿足。

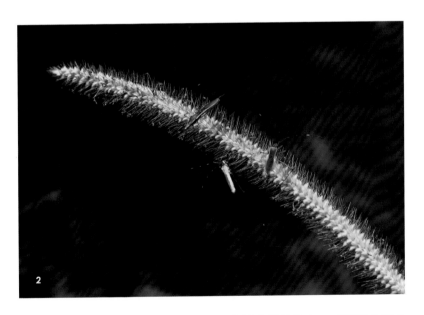

1　紅邊黃小灰蝶的雌性個體，喜歡產卵於火炭母草上，咸豐草的花朵
　　是不可或缺的蜜源。
2　禾本科植物花穗結果後，總能引來昆蟲覓食。

3

　十多年前爸媽家養的拉布拉多犬King尚還年幼，為了讓牠充分運動，我總是每天清晨5點起床，走回禾豐社區的爸媽家，再一同牽狗走到如今七天四季工地的山頂，當時整區都是芒草漫生的荒涼之地。如此整整持續了兩年，感謝有King，除了讓爸媽的身體健康之外，我也才有機會一窺清晨華城的自然之美。

　印象最深的一次是清晨走在杳無人跡的華城到禾豐的通道，100公尺前方突然出現一隻銜著東西的動物快步通過馬路，身影完全不像狗啊！體型也比貓咪大隻，尾巴又很蓬鬆，正納悶到底是什麼動物，往前走沒多遠，突然聽

見右側草叢傳來幼小動物的鳴咽聲，往草叢一探，哇！是白鼻心的小孩耶！圓滾滾的小臉蛋上，鼻樑上的白毛透露了牠的身份。真是太棒了，從來不曾親眼目睹白鼻心帶著小孩活動，簡直比中

樂透還開心。為了不干擾白鼻心母子，我趕緊快步通過，走沒多遠，回頭一看，只見白鼻心媽媽從左側草叢竄出，衝到右側把那隻落單的小白鼻心銜起，再趕忙過馬路，一起回到左側灌木叢裡。

---

3 步道兩旁皆是蒼鬱樹林的華格納步道，是山城居民最愛的散步健行去處。

4 停棲於樹幹上的台灣大蝗，數量豐富。

5 林下冒出的白色蕈菇，透光的菌摺十分美麗。

這一幕白鼻心母子過馬路的場景讓我念念不忘，原來生活在這片山區的無數生物們，無不戮力以赴，設法在人類住宅的狹縫間努力存活。能夠親眼看到白鼻心的小孩，讓我慶幸華城的自然依然豐美，即使歷經了大型開發的造鎮工程幾十年之後，自然還在你我身邊，怎不讓人心存感激？

　　對於喜愛有狗為伴的我而言，每天的散步活動是日常生活的重頭戲之一，不僅是為了滿足狗狗的需求，更重要的是走路讓我有機會與許多生物不期而遇，大自然有自己的節奏，強求不得，能夠與它（牠）們偶遇，成為生活裡最大的驚喜。

　　春天的華城百花盛開，讓人目不暇給，萬物甦醒，草地上紫黃相間的小野花，只有願意俯身觀賞的人，才能體

6　　　7

8

6　外來樹種的雞冠刺桐，在山城適應良好，連雜木林的華格納步道也可發現。

7　紅樓花雖是外來植物，卻可提供豐富的蜜源，養活森林裡的蝴蝶。

8　長滿蕨類等附生植物的大樹，提供許多生物生存所需的屏障。

驗一花一世界的奧妙。最喜歡在八號公園的草地上尋寶，黃鵪菜、兔兒菜、通泉草、車前草都是草地上的主角，偶爾會發現罕見而小巧的綬草，它可是超迷你的蘭花，盤旋而上的小小花序是大自然的精巧之作。

野鳥當然也不會缺席，紛紛吟唱求偶美聲，總讓我這旁觀的人類聽得如癡似醉。以前華城是看不到台灣紫嘯鶇的蹤影，每次拜訪住在花園新城的朋友，對那裡賞不完的紫嘯鶇總是羨慕不已，直到大約十多年前開始在社區發現台灣紫嘯鶇，而且每年春天總有一隻公鳥獨踞我家的屋簷角落，在天色微亮的清晨四點多開始吟唱追求母鳥的情歌。

原來以前華城的環境過於人工化，難以吸引像台灣紫嘯鶇這類以捕食昆蟲為生的原生野鳥，但隨著時間的演替，自然的樹林群落日趨飽滿，可以滋生豐美的昆蟲，自然而然地吸引了紫嘯鶇到華城落地生根。

最近幾年更讓人高興的是，台灣藍鵲家族終於成為華

9

城的新住民，以前是偶然才遇見，如今卻像是熟稔的近鄰，三不五時總能遇見嬉鬧的藍鵲群呼嘯而過。2016年5月爸媽家後院旁的公園大

樹上有藍鵲築巢，在那短短的兩三週育雛期間，不時聽到誰路過被藍鵲啄頭，連媽媽家的雪納瑞石頭上散步時也被攻擊。只可惜當時剛好出國旅遊，等我回來帶著望遠鏡去觀察鳥巢，已是鳥去巢空。

　　而前幾年的夏天，台灣獼猴闖入住家，還在社區引起了不小的漣漪，有一次傍晚帶狗出門散步，在巷口遇見大剌剌漫步的獼猴，牠站立的模樣像個好奇的小孩，警覺但無惡意。那次的邂逅讓我難忘，而那一年夏天的獼猴話題也隨著牠們從社區撤回樹林，畫上了休止符。

　　每一次的邂逅與感動，豐富了我們平凡無奇的生活，散步在華城裡，自然的樂趣隨處可得，對生活在華城的人們而言，走出家門就是走入自然，是拾手可得的幸福。

9　弄蝶類的蝴蝶常會出現在咸豐草的花朵上流連吸蜜。
10　單帶蛺蝶的雌性個體，常在林下發現，與三線蝶十分類似。

山的色彩
Exploring the Nature of My Hometown

1

大自然不忘趁著我們偶爾到原野漫走，填滿內心渴望之餘，還給予啟示。
——約翰·繆爾

　　每天與山峰面對面，如此熟稔，但對於山，我們常有不動如山的錯覺，事實上山的本身有許多細微的變化，端視我們的感官是否敏銳足以捕捉到這些變化。

　　當初會選擇現在住的房子，有很大一部份原因就是陽台的無敵山景。二十年前剛搬進來時，對面山峰到了夜晚一片漆黑，如今早已是點點燈光，還看得到產業道

---

1 日本吉野櫻的粉色花朵襯著藍天，在紅瓦的山城裡顯得格外出色。

路沿線的路燈，顯見山區住宅的需求還是不斷蔓延開來。

　　不過大白天遠眺，山景依舊無恙，蒼蒼鬱鬱的森林把人們的足跡完美掩飾，感覺還是完整無瑕的山。雖說「仁者樂山，智者樂水」，以自己從小登山、接近山岳的成長歷程，我確實是愛山遠甚於愛海，只要看到滿眼的綠色山峰，心裡就覺得踏實無比。

　　每年初春時分，氣候依舊多變，忽冷忽熱，有時雲霧繚繞，有時藍天白雲，而山裡的生命早已悄悄蠢蠢欲動。首先是沉鬱蒼綠的山色開始透露出一抹新綠，隨著春天山嵐的滋潤餵養，那抹新綠日益鮮豔，為森林帶來耀眼燦爛的外觀。

　　沒多久，原本綠油油的山色冒出一球球開滿白花的樹冠，遠觀宛如山峰沉默的煙火秀，沒有喧囂聲，沒有惱人的煙霧迷漫，有的是新生命的禮讚。原是外來樹種的油

2 草地上的通泉草，點點紫花是
春天的第一個訊息。

3 停在山櫻花上吸蜜的綠繡眼，
是春天常見的動人畫面。

桐，在台灣低海拔森林站穩腳步，春天的四月雪讓油桐一躍成為森林的主角，把台灣山裡的春天妝點得美麗極了。

油桐花季過後，輪到金黃花海的相思樹接續上場，一時之間，黃、白、綠相間的豐富山色，果然是春光明媚的好時光。相思樹的金黃花朵極小，貌不驚人，不過數量之多，造就了金黃的燦爛山色。

梅雨季節來臨之後，山色又起了些微變化，許多綠色樹冠抹上一層粉紅，原來是酸藤的花海，鋪天蓋地在樹冠層蔓延開來，好似為嬌羞的山蓋上浪漫的粉紅頭紗，大大增加了山色的可看性，也為即將到來的盛夏做了完美的預告。

春天的白色油桐、金黃相思、粉紅酸藤是低海拔森林最美麗的色彩盛宴，結束之後山的顏色又回歸平淡寂靜的

綠。夏天的森林取而代之的主角是震耳欲聾的蟬聲，秋冬季則由葉片變色的落葉樹登場，由黃、紅、褐交織而成的山色，蕭瑟的氛圍裡透露出休養生息的大自然訊息。

看似一成不變的山色，其實變化多端，每天與山面對面，好好對話，閱讀山、閱讀森林，終能理解許多細微的訊息。

4　開滿黃花的相思樹構成了山城春天的主要色調。
5　黃綠相間的相思樹，讓低海拔山區染上一層金黃色彩。
6　藍天下燦爛無比的相思樹黃花，印證了「數大便是美」的不變真理。
7　油桐的純白花色，呈現了清淡優美的春天山色。

初夏迴盪的
木魚求偶聲

Exploring the Nature
of My Hometown

1 色彩繽紛的五色鳥，是台灣特有種鳥類，
也是山城的長住居民之一。

雄鳥在這個季節如此熱情的啼唱，
…公然地昭告雌鳥：
「來當我的配偶吧！」
—— 大衛·艾登堡

　　五色鳥一身燦爛的羽色，感覺造物者對牠們格外厚愛，在五色鳥身上用盡所有鮮豔的色彩，高彩度的顏色一點都不會突兀，反而顯得平衡而美麗，是自然界的傑作。

　　細數五色鳥的羽色，以鮮綠色為底，頭部有明顯的金黃色前額、紅色眼先，以及眼睛上方的黑色眉線、黑色嘴喙，而頭頂由黃色逐漸轉成天藍色，耳羽及頸部上方也是天藍色，頸後有紅色區塊，喉部上方金黃色，胸部上方有紅斑，尾羽蒼綠色。紅、黃、藍、綠、黑等色彩，完美組成了我們熟悉的五色鳥。

　　五色鳥在分類上屬於鬚鴷科，此科在台灣只有五色鳥一種，而全世

2

界也只有台灣才有五色鳥的分布，是珍貴的台灣特有種鳥類。住在華城真的非常幸運，可以和獨一無二的五色鳥當鄰居。

　　五色鳥廣泛分布於全台灣海拔2400公尺以下的地區，多半喜愛在平地至中高海拔的原生闊葉林裡活動，不過由

於適應力佳，平地都市公園內的茂密樹林也能找到牠們的蹤跡。一般以果實為主食，是森林重要無比的種子傳播者之一，不過育雛期間為增加蛋白質以養育下一代，親鳥會輪流出外捕食昆蟲。

五色鳥的繁殖期從3月一直延伸至8月，不過以6月至7月為高峰期。初識五色鳥，就是初夏時分的散步途中，突然聽見嘹亮無比的「咯、咯、咯」鳥鳴聲，循聲往上瞧，果然看見一隻不小的鳥停在大樹枝梢頂端鳴叫，只可惜當時沒帶望遠鏡，加上背光的影響，實在看不清牠的長相。後來以望遠鏡捕捉到牠的身影，才開始認識這種美麗的鳥類。

五色鳥在繁殖期開始之初，公鳥一定會選定最佳位置，通常是毫無遮蔽的大樹頂端，如此才能將牠的求偶歌曲傳得又遠又響亮。公鳥

3

2　雀榕結出滿滿的榕果，是五色鳥喜愛的食物之一。五色鳥是森林重要的種子傳播者之一。
3　有些大樹的現成樹洞，是五色鳥可以利用的巢穴。

的求偶美歌是將「咯、咯、咯」等單音組成四種不同節奏與
高低變化的鳴叫，有人將之形容為寺廟的木魚聲，但我始終
覺得五色鳥的歌聲遠比木魚聲高亢嘹亮，而且不是一成不
變，每隻公鳥都會發展出自己專屬的節奏和曲調，雖然在我
們人類的耳裡只是「咯、咯、咯」鳥鳴聲，但母鳥聽到的可
不僅如此而已，是牠們選擇繁衍伴侶的重要依據。

4 正在鑿洞的五色鳥，一般
是公鳥負責鑿洞。

5 以嘴喙清理樹洞的殘渣。

五色鳥配對成功之後，就開始尋找適合的樹木築巢，大多以枯樹的利用比例最高，若剛好找到大小適合的現成樹木洞穴，也會做為繁殖的巢穴。鑿洞的任務一般由公鳥負責，每巢會產下3至4顆蛋，由親鳥輪流孵育。雛鳥孵化後也是親鳥輪流捕捉昆蟲餵食，大約需要三週以上的時間幼鳥才會離巢。

6　攝影鏡頭下可以清楚看到　　　7　不斷噴出的木頭殘渣。
　　五色鳥清理樹洞的動作。

徐如林・107

住在華城二十餘年來，初夏的五色鳥求偶歌早已成為
這裡不變的自然風景之一，只要聽到牠們的鳴聲，就知道
夏天到了。不過每年的求偶繁殖狀
況似乎出入頗大，有些時候求偶的
公鳥感覺數量極多，時時可以聽到
牠們的「咯、咯、咯」鳥鳴聲，而
且持續很長一段時間。每逢這樣的
「大發聲」年份，心裡格外開心，

代表社區的五色鳥族群數量正健康成長。不過也有較差的年份，感覺聽不到幾次求偶歌，炎熱的夏天就到了。

年復一年，總是期盼著初夏迴盪在社區樹林間的木魚求偶聲，聽到了才能安然度夏呢！

8　初夏時分忙著傳宗接代大事的五色鳥。
9　五色鳥築巢於樹洞內，親鳥要輪流覓食，一刻不得閒。
10　親鳥同心協力在樹幹上鑿出適合育雛的洞。

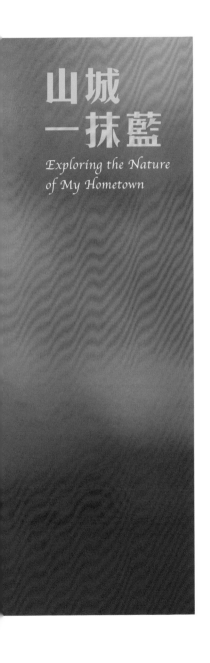

山城
一抹藍

Exploring the Nature of My Hometown

求偶儀式少不了啼唱這一關，
從歌聲品質
就可以聽出雄鳥是否合格。
—— 大衛・艾登堡

　　台灣紫嘯鶇和台灣藍鵲、五色鳥同屬台灣特有種鳥類，現在全部都在華城落地生根，成為這裡的長住居民之一，不過三者歷經的過程略有不同，也是觀察自然生態恢復的好對象。

　　以五色鳥而言，牠們對人為干擾環境的適應力最強，加上以果實為主食，在初期的華城環境即可生活無虞，所以五色鳥一直是這裡相當常見的野鳥種類。而台灣紫嘯鶇來到華城大概只比藍鵲早幾年，以前完全看不到牠

1　台灣紫嘯鶇的胸至腹部的羽緣為鮮豔的藍紫色，在陽光下尤其耀眼。

台灣紫嘯鶇在草地上覓
食，隨時眼觀四方，不
忘保持警戒狀態。

們，曾詢問野鳥學會的朋友，原來紫嘯鶇對於環境條件的
要求較為嚴苛，加上牠們以捕食昆蟲為主，需要一定程度
的自然條件才能吸引紫嘯鶇。

　　直到十幾年前，散步途中開始與台灣紫嘯鶇不期而
遇，一身藍紫羽色，遠觀有點類似小一號的烏鴉，背光時
全身漆黑，但身處陽光下著實讓人驚豔讚嘆，原來牠們的
羽毛這麼美，藍紫色的金屬光澤，比藍寶石還耀眼。

　　於是從一開始的偶遇，到後來的每日相見歡，幾乎可
以確定牠們開始在華城住下來了，不過真正的大驚喜還在
後頭。

台灣紫嘯鶇一身紫藍色羽色，
在陽光下格外耀眼。停棲時常
將尾羽張開成扇形，一旦受到
干擾，馬上飛離，是警覺性極
高的鳥類。

3

　　印象中台灣紫嘯鶇的聲音是尖銳的金屬聲，有人把牠的
鳴聲形容為緊急煞車聲，可說是蠻貼切的。直到有一年的春
天，每天清晨四點多天色尚暗之際，臥室窗戶外的屋簷來了
一隻公鳥吟唱美妙無比的求偶歌，那婉轉無比的歌聲讓我感
動極了，難以想像鳥的鳴唱會如此動人。請教賞鳥專家之後
才知道原來是台灣紫嘯鶇的求偶歌，而那隻獨一無二的公鳥
幾乎年年到我的屋簷報到，直到牠消逝為止。

　　時至今日，台灣紫嘯鶇早已成為山城最常見的一抹
藍，年年都有不同的公鳥吟唱求偶，但我腦海裡浮現的依
舊是那獨一無二的動人歌曲。

鳩鴿變奏曲

Exploring the Nature of My Hometown

1

鴿子會從嗉囊分泌鴿乳哺餵雛鳥，
這種高蛋白及高脂肪的特殊物質，
不論雌雄鴿子，一樣都會分泌。
—— 大衛・艾登堡

　　鳩鴿科野鳥對都會人而言，一
點都不陌生，因為牠們和人們喜歡
飼養的家鴿、賽鴿十分雷同，外
形特徵明確，即使是小孩也叫得出
「鴿子」的大名。以華城的環境而
言，二十餘年來鳩鴿科野鳥的生態
有了些微的變化，是非常值得持續
觀察的對象。

　　記得剛搬到山城，每年的冬末
春初總會聽見茂密的樹林內傳來陣
陣悠遠的笛聲，特別是在清晨和黃
昏時分最容易聽到，但完全看不到
吹笛者的身影。但那笛聲真美，沁
入人心，特別是乍暖還寒的早春，

1　綠鳩以往在山城還算普遍，冬末春初可
　　聽見公鳥求偶的笛聲。（劉定穎攝）

2

2 金背鳩到了春天的繁殖季，會開始求偶配對。公鳥一旦求偶成功，
即進行交配。多半築巢於大樹上，以小枝及枯葉為巢，由公母鳥輪
流孵卵，孵出後也由公母鳥輪流餵食，一般三週左右即可離巢。

那樣的聲音讓人感動難忘。後來才查到原來是綠鳩的求偶歌聲,渾身鮮綠的綠鳩躲在茂密的樹林裡,根本難以辨識,無怪乎要以歌聲來吸引雌鴿注意到牠的存在。綠鳩的歌聲持續了十餘年,但這幾年很少聽到,顯然牠們已經少在華城求偶繁殖了。

取而代之的是金背鳩,乍看之下與珠頸斑鳩十分類似,但頸部的黑底白斑呈條狀,而不像珠頸斑鳩的點狀白斑。金背鳩最美的是背部的翼羽,羽緣是閃閃發亮的紅褐色,層層疊疊,在背部堆疊出閃爍的焦點,特別是陽光照耀下更顯燦爛,也才能理解金背鳩的名字由來。

春天一到,隨時可見成雙入對的金背鳩,一起在樹上

---

3 金背鳩的頸側黑色,上有白斑,背部暗褐色,翼羽邊緣為漂亮的紅褐色,是金背鳩最明顯的特徵。

4 常見金背鳩成雙入對一起在草地上覓食。

5 紅鳩是另一種台灣常見的鳩鴿科野鳥,不過以生活於平地居多。冬季多半集中於都會地區。

休憩，一起覓食，一夫一妻的關係持續整年。金背鳩常常慢條斯理地走在馬路上啄食掉落的果實或種子，安步當車的悠閒模樣每每惹得狗兒Nomi恨不得衝刺撲倒牠們，而牠們總是在最後一刻不慌不忙飛起來，讓狗兒撲個空。鳩狗鬥智不斷上演，讓我這唯一的觀眾看得樂此不疲。

6 珠頸斑鳩非常適應人工化環境，以前山城還看得到牠們的蹤跡，如今已被金背鳩全面取代。

7 成雙入對的綠鳩，現在多半集中於都會區出沒。（劉定穎攝）

山城小夜曲

Exploring the Nature of My Hometown

1

青蛙最初怎麼來到湖中？
…青蛙的祖先肯定穿過森林，
…經歷過刺激無比的旅程。
—— 約翰·繆爾

　　黑夜裡的山城，人們大多待在家裡休息或是看看電視，少有人出門走走，寂靜的夜裡，夜行性動物開始登場，活動筋骨，或覓食，或巡視地盤，或忙著終身大事。山城小夜曲，與白天一樣精彩可期。

　　貓頭鷹是黑夜鳥類的主角，山城的闊葉樹林裡不乏貓頭鷹出沒。黑夜籠罩之後，很容易聽到黃嘴角鴞的「呼～呼～」響亮嗓音，多半是公鳥在樹冠頂層鳴叫以宣示領域。四月進入繁殖季節之前，似乎更容易聽見黃嘴角鴞的叫聲，應該

---

1 腹斑蛙的族群最為普遍，不論是陰濕的角落或是水窪、水池，十分容易就聽到「給、給、給」的蛙鳴聲。

是為了吸引母貓頭鷹的注意才能成功配對，畢竟黑漆漆的夜裡，聲音傳遞的成功率會比較高一些。不過真正進入繁殖的五月之後，就不會再聽到貓頭鷹的鳴聲，要等到夏天之後才會再度登場。

領角鴞是另一種山城常見的貓頭鷹，體型比黃嘴角鴞大一些，兩者最容易分辨的特徵在於嘴喙的顏色以及眼睛虹膜的色彩，領角鴞的眼睛呈橙紅色，而黃嘴角鴞則是黃色。領角鴞的典型叫聲為「勿～」單一低沉鳴聲，似乎比黃嘴角鴞更能適應人工環境，連都會區的公園樹林都找得到領角鴞。

貓頭鷹是肉食的掠食性鳥類，一般以昆蟲及小型動物

為食，環境中可以出現貓頭鷹，意味著環境的自然條件優異，才能讓牠們生存下來。山城的黑夜有了貓頭鷹的守夜，讓人安心不少。

山城黑夜的另一批動物主角當屬蛙類無疑，特別是春夏之交，開始進入蛙類的繁殖高峰期，不論走到哪裡，好像都可以聽到「給、給、給」的蛙鳴，那是大聲公的腹斑蛙忙著宣示地盤，好佔據最佳位置來向雌蛙求愛。中間還會夾雜一陣敲竹竿的響亮鳴聲，原來是白頷樹蛙也來湊熱鬧。冷不防地一聲低沉狗吠聲，讓人嚇一大跳，難道是有狗狗掉到水裡嗎？其實是貢德氏赤蛙也來了。夏夜裡山城的水池大多被這些蛙類佔據，熱鬧的求偶進行曲往往持續整夜，此起彼落，直到天明為止。

---

2 冬季遷移至低海拔山城的鵂鶹，是台灣最小型的貓頭鷹，大多生活於中海拔山區。這隻傷鳥經過救治之後，順利將牠釋回野外。

3 黃嘴角鴞是山城黑夜的主角之一，很容易聽見公鳥宣示領域的「呼～呼～」單音鳴聲。

4 領角鴞的眼為橙紅色，可以與黃嘴角鴞清楚分辨。

相較之下，常常只聞
「啾」聲而不見其影的斯文
豪氏赤蛙，就顯得內斂而安
靜許多，因為不容易看到，
初聞其聲還常被誤以為是鳥

叫聲，只是鳥怎麼可能躲在陰暗的溝裡？而另一種盤古蟾
蜍更是安靜無聲，體型碩大的通常為母蟾蜍，下過雨的夜
晚比較容易碰上母蟾蜍揹著小隻的公蟾蜍，這種難分難捨
的纏綿狀態會持續到抵達適合的產卵地點。只是漫漫黑夜
裡，真的難以想像牠們究竟如何找到彼此，又是如何覓得
有水的地點順利產下卵粒。

　　我們對於黑夜的一切，畢竟所知有限，但只要年年看
得到牠們，知道牠們依舊在這裡生養下一代，就足以讓人
欣慰不已。

5 盤古蟾蜍是山城黑夜裡最容易遇見的蛙類。

6 腹斑蛙是山城蛙類的大聲公，個子雖小，聲音卻又大又亮。

7 斯文豪氏赤蛙通常躲藏於水溝中，只能聽見其特殊的「啾」鳥叫聲，不容易看到廬山真面目。

動如狡兔

眾鳥在草叢上啁啾，昆蟲在草叢間飛舞，蚯蚓在濕潤的土內緩緩鑽動，如此精巧構成的多樣表現形式。
—— 達爾文

小彎嘴畫眉是山城最為常見的
野鳥之一，生性活潑聒噪。

萬象更新的
山城生態
Exploring the Nature of My Hometown

1

又是另一個在山裡的
美好日子，
我們深受感動，融入其中，
並把這份悸動傳向
未知的某處。
—— 約翰·繆爾

　　台灣北部海拔500公尺
以下的闊葉林，森林組成一
般以樟及楠木為主，不過因
為人類的活動頻繁，現存
的大多為次生闊葉林相。以
大台北華城而言，在尚未進
行造鎮開發計劃之前，這裡
以茶園栽植為主，當時還有
零星的農舍以及一間製茶工
廠。因此這裡的林相大多以
次生林為主，各種楠木和樟

1　生活於中海拔山區的巨嘴鴉，
　冬天常在低海拔的山城活動，
　飛行時喜歡發出十分響亮的
　「啊！啊！啊」鳴聲。

2

樹是優勢樹種，夾雜著各式各樣的低海拔闊葉樹種，如構樹、小葉桑、山黃麻、白匏子、相思樹、油桐、雀榕、榕樹等，還有豐富無比的蕨類及附生植物，一起構成了山城的綠色基礎。

近四十年前的大規模美式造鎮計劃，大幅改變了這個山頭的模樣，許多森林遭到鏟平，以建造適合人類居住的山區住宅，兩線道的寬闊馬路讓人們得以移居至此。這樣的劇烈變化想必迫使許多生物倉皇出走，移居至殘存的破碎林帶生活。

不過生命永遠可以找到出路，即使是如此高度開發的

人工環境，隨著時間的演進，物換星移，人們庭園內的植被逐漸飽滿，樹木與樹林連成一氣，生物廊道的成形讓更多生物得以存活。於是由下而上的生態日益豐滿，終至今日的山城風貌。

樹木和綠色植物的基礎穩固之後，開始衍生出豐碩的昆蟲相，進而兩棲類及爬蟲類也得以繁盛，於是鳥類、哺乳動物的出沒日益頻繁而自然，只要看到華城路上兩旁豎立著「動物出沒注意」，就不難理解現況。只是所有動物既是大自然生存

2　公園草地上揀食花瓣的赤腹松鼠，在山城有日益增加的趨勢。

3　斯文豪氏大蝸牛在山城的族群頗為常見。

4　鳳蝶類的蛹十分容易在植物上發現。

5　豆芫青是十分容易看到的甲蟲，一身黑袍配上紅通通的大頭，辨識度極高。

活動的一環，要活下去必得警覺，時時戒慎恐懼，當然不可能像動物園一樣，隨時讓人們欣賞。想要真正看見山城的生態，必須先瞭解每種動物的知識，以及可能出沒的時間和地點，當然，更重要的是，以步行親近環境，坐在車裡是永遠不可能接近自然的。

　　記得二十幾年前剛搬到山城，黃昏時分在爸爸的花園澆水，突然看見一種小小的昆蟲飛近花叢，依序吸食花朵的花蜜，飛行的模樣與蜂鳥非常雷同。只是台灣不可能有蜂鳥，蜂鳥只有美洲大陸才有，但那昆蟲的飛行方式真的引人入勝，讓我完全遺忘了時間，後來查資料才知道原來就是鼎鼎有名的長喙天蛾。

　　另一種讓我看得入迷的昆蟲是狩獵蜂，以前在法布爾的昆蟲記就讀過有關狩獵蜂的有趣行為，但親眼見證卻感覺更為奇妙，完全捨不得離去。狩獵蜂平常十分隱密，根本不見蹤影，但每年梅雨季節一

8

結束，在正式進入炎熱夏季之前，我家路旁裸露的草地上開始出現狩獵蜂，一大清早就忙著挖洞，忙進忙出，感覺到我的存在，牠們也只是飛個幾圈，確定我沒有危險性，就回去繼續挖洞。小小身軀力量真大，不一會兒洞口已堆滿沙粒，而狩獵蜂也全身沒入洞內，看來挖得頗深，有時

6　綠瓢蠟蟬是十分迷你的昆蟲，外觀像是會動的豆莢，以取食植物的汁液為生，常在小葉桑等桑樹上活動，保護色極佳，不容易被發現。

7　斜綠天蛾像是綠色的隱形飛機，造型搶眼，通常黑夜出沒，白天多半是停棲的狀態。

8　樹穴蜻蜓零星分布於低海拔森林內。

9

遇到小石礫，還會以口器銜住後退搬至洞口。好幾次親眼看到狩獵蜂捕捉到綠色的毛毛蟲，拖進洞內，那是狩獵蜂寶寶孵化後不可少的糧食。有一次狩獵蜂捉到一隻綠色螽斯，只是獵物的體型過大，怎樣都拖不進去，狩獵蜂在洞口轉來轉去，我沒繼續看下去，不知最後是否放棄那得來不易的獵物。雖然狩獵蜂挖洞育幼很容易觀察，但從未看過幼蟲出洞，牠們的生活還是充滿神秘的色彩。

10

　　植物相和昆蟲相的豐沛自然吸引許多以植物以及昆蟲為食的動物，山城裡的野鳥一向常見而普遍，一大清早或黃昏是最適合賞鳥的時段，最容易看到的包括綠繡眼、白頭翁、小彎嘴畫眉，牠們經常成群結隊，呼嘯而過，是山城不可少的美麗風景。而喜愛發出喵喵聲的紅嘴黑鵯，一身黑卻配上紅嘴、紅腳以及辨識度極高的龐克頭，一眼就難忘。

　　低溫的冬天裡，山城的鳥類相更形豐富，除了平常的低海拔山鳥之外，巨嘴鴉也從中海拔山區移至這裡過冬，不時可以聽到牠們「啊！啊！啊」的叫聲，此外許多冬候鳥紛紛來到山城歇歇腳，甚至度過整個冬天，如虎鶇、白腹鶇、白鶺鴒、灰鶺鴒及黃尾鴝等，還有遠自西伯利亞來此度冬的野鴝，喉部的那塊紅斑，唱起歌來不斷抖動，是最引人注目的焦點。

　　豐富的自然萬象，親眼見證之後，方能真切理解山城的生命之美。

9　黃長腳蜂正在光臘樹上吸食樹液，此傷口是獨角仙造成的，因而造福其他昆蟲。

10　綠繡眼是山城最普遍的野鳥之一，經常成群呼嘯而過，發出清脆的口哨聲。

11 山紅頭的體型嬌小，喜歡於濃密的灌叢間活動，不容易看到，不過輕細的「救急～」的鳴聲很容易聽到。

11

12 漂亮的野鴝是每年必來山城做客的冬候鳥。

12

13　鷦鶯喜愛在草叢間活動，
　　常發出「滴‧滴‧滴」的
　　單一鳴聲。

山城
鳥鄰居

Exploring the Nature
of My Hometown

1

帶著望遠鏡出門吧！
…大自然一定會
帶給你新的發現。
—— 本山賢司

　　住在山城裡的自然樂趣
與享受，應該大多是與我們
為鄰的野鳥所帶給我們的，
一方面野鳥的外表色彩迷
人，加上鳴聲悅耳，又對人
們的生活沒有任何威脅性，
也不致造成任何不便，我想
任何人都是樂於與鳥為鄰。

　　每天清晨總是被鳥喚
醒，早起的鳥兒有蟲或有果
子吃是不滅的真理，天色才
微露曙光，鳥叫聲就不絕於
耳，由成群結隊的綠繡眼和

1　小彎嘴畫眉常在灌叢樹林間
　　穿梭，活動力旺盛。

白頭翁領銜主演，是一大早的重頭戲。

　　一邊快速飛行，一邊發出清脆口哨聲的綠繡眼，個子很小，卻有用不完的精力，欣賞牠們成群在樹梢移動，真是莫大享受，無形間感染了鳥群歡樂的氣氛，總覺得那口哨聲像是呼朋引伴，邀請更多鳥夥伴一起邀遊天際。而我這偷窺的人類，也自行加入行列，一起在清晨歡唱。

　　白頭翁常與綠繡眼同台演出，牠的鳴聲更為嘹亮且富變化，一連串「巧克力！巧克力！」的清脆嗓音，讓人無法忽視白頭翁的存在。綠繡眼最好辨認的特徵是白色眼圈，而白頭翁則是頭頂後方的大塊白斑，兩者在樹間快速穿梭，但白色標記如此明顯，即使沒拿望遠鏡一樣一眼就認出牠們。

2 灰樹鵲是山城常見的留鳥之一，聲音聒噪響亮，與台灣藍鵲同屬鴉科的鳥類。
3 鷦鶯類鳥類喜愛停棲在草莖上鳴唱。
4 春天山櫻花盛開，喜愛吸蜜的綠繡眼經常流連忘返。

白頭翁公鳥喜歡高踞枝頭歌唱，常常聽見類似「酒酒雞酒酒雞、雞酒酒」或是「酒雞酒雞酒、酒雞酒」等歌聲的變化，鳴聲圓潤多變，特別是到了春夏季的求偶繁殖季，公鳥無不使出渾身解數，以尋覓適合的美嬌娘。每年從3月到7月之間，不時總能聽見白頭翁的歌曲，與五色鳥的木魚「咯！咯！…」鳴聲相映成趣。

綠繡眼的配對求偶就顯得格外低調，牠們大多成群活動，公鳥雖然也會定點鳴唱，但「嘰啾・嘰啾…」的微細鳴聲似乎只有母鳥聽得懂。每年4至8月是主要的繁殖期，最多可繁殖兩窩，碗狀小巢編織得非常精緻，藏匿於分叉

很多的樹木枝條間，非常不容易發現，一般等到冬天樹木落葉之後才會驚覺，原來這裡曾經有綠繡眼築巢。我的山櫻花上就曾有綠繡眼築巢，幸運的是，巢的位置剛好在我的樓梯邊，讓我得以在旁觀察整個過程，是大自然給予的意外大禮。而孵出幼雛後短短不到兩週的時間，幼鳥即順利離巢，加入綠繡眼的鳥群活動。

---

5 白頭翁的育雛。白頭翁是低海拔山區普遍的留鳥，每年3至7月會在隱密的樹叢間築巢育雛，巢呈碗形，以草葉固定在樹枝的分枝處。每巢約有3至4顆卵，由雌鳥負責孵蛋，10天左右小鳥破殼而出，幼鳥孵出後10天即可離巢。

6

7

除了綠繡眼和白頭翁之外，最為聒噪多嘴的當屬小彎嘴畫眉，牠們大膽而無畏，經常出沒於樹木底層或地面灌叢間活動，清晨或黃昏總會聽見「呼伊—呼伊—」的喧嘩聲，一點都不擔心暴露自己的行蹤。臉上白色的眉斑又長又明顯，遠遠看到就知道是牠們來了。

　　大白天裡，忙碌了整個清晨的小鳥大多暫時歇息了，取而代之的是遨遊天際的大冠鷲，特別是熱對流旺盛的大晴天上午，總會聽見響亮又傳得老遠的「非·非·非·非偶—非偶」鷹鳴聲，這是我最喜愛的大自然聲音，每次總會忘我地抬頭仰望，直到脖子酸到受不了為止。有時運氣好還會一次遇見好幾隻大冠鷲嬉戲飛

8

6　小彎嘴畫眉大膽而聰明，是山城常見的留鳥之一。
7　小彎嘴畫眉的「呼伊—呼伊」鳴聲嘹亮。
8　山紅頭最明顯的特徵就是頭頂的栗紅色，常常穿梭於草叢、枝條間活動。

9

翔，看著牠們一邊遊戲，一邊發出鳴聲，總讓我快樂得像是中大獎似的。

接下來的鳥類活動高峰期是黃昏，是進入夜晚歇息前的最後活動機會，大多野鳥都會把握時間，而這段時間剛好是我帶狗散步的黃金時間，所以遇上野鳥的機率非常高。台灣紫嘯鶇常從樹下竄出，一邊快速跳躍，一邊發出尖銳金屬聲，好似向狗兒挑釁一般，惹得Nomi恨不得衝向前制服牠，只是牠一溜煙就不見了，徒然留下困惑不已的狗狗。

10

黃昏時分一邊散步，一邊悠閒四處看看，突然遠遠有細小的「唧—啾—」鳥鳴聲，找不到聲音的出處，感覺是在茂密的樹林下層灌叢內，一直無法得見其廬山真面目，後來才知道原來是同屬畫眉科的山紅頭所發出的聲音。還有另外兩種小型畫眉，即頭烏線和繡眼畫眉，鳴聲更為有趣，頭烏線經常不斷重複「是誰打破氣球—是誰打破氣

---

9 繡眼畫眉常成群出現於低海拔樹林，最為醒目的特徵為白色的眼圈，繁殖期間會發出「急—救、急—救」的鳴聲。

10 生性活潑好動的山紅頭，因個子嬌小，非常不易觀察。

11 黃頭鷺偶爾會在山城公園出沒，不
過大多集中於山腳下的台大農場。

12 小白鷺和黃頭鷺一樣，偶爾出現於
山城活動，但歇息時一定回到山腳
下台大農場的樹林。

球」的悅耳哨音，而繡眼畫眉則是發出「急一救、急一救」的鳴聲，只不過通常只聞其聲而難見本尊。

有幾年的夏天，散步途中總會遇見黑冠麻鷺的亞成鳥佇立路旁，應是當年度出生的菜鳥，完全不知道馬路如虎口，也不會閃避人，不免為牠們捏一把冷汗，幸而大多黑冠麻鷺還是順利長大了，畢竟這裡多的是牠們最愛的蚯蚓美食。傍晚聽見漆黑的樹林內傳出「啊！啊！」的宏亮高亢叫聲，知道黑冠麻鷺依舊安好住在山城，心裡多少比較踏實。

黑夜的山城由貓頭鷹接管，大多日間活動的鳥兒安然入睡，只聽得到「嘟一嘟一」貓頭鷹鳴聲，有牠們守護黑夜，我們可以高枕無憂，一覺到天明。

山城鳥鄰居為平淡的山居生活，增添了許多樂趣，如果少了牠們燦爛的身影，以及悅耳的鳥鳴，真不知要如何度過每一天。有幸與野鳥為鄰，讓人感謝每一次的偶遇。

冬候鳥
大駕光臨
Exploring the Nature of My Hometown

鳥類踏上這種漫無天際的壯闊旅途，
要如何找到方向？
── 大衛・艾登堡

　　雖然冬天的低溫讓山城似乎寂寥不少，常年活動的山鳥大多轉往較溫暖的山腳樹林，出現的頻率少了許多，只有不畏寒冷的台灣紫嘯鶇依舊活躍地跳著，牠們一身金屬藍的羽色為冬天山城增色不少。

　　不過冬天的山城不乏遠道而來的嬌客大駕光臨，台灣的冬季低溫對這些從北方遷徙而來的冬候鳥，是剛剛好的

1　野鴝的公鳥才有喉部的赤紅色斑塊，是非常重要的雄性性徵。
2　橿鳥又名松鴉，是生活於中高海拔闊葉林帶的普遍留鳥，冬天偶爾出現於華城的樹林覓食，特別喜愛殼斗科樹木的果實。

3

4

舒適溫度，有的飛到山城之後，就待著度過整個冬天，有
的則是短暫的過客，休憩一陣子之後就繼續南飛。把握冬
天的觀察時機，還是可以邂逅許多難得一見的冬候鳥。

　　冬候鳥裡讓我最為難忘的是灰鶺鴒和野鴝，與牠們的
邂逅至今難忘。灰鶺鴒一身鼠灰色的羽色，搭配著鮮黃色
的胸、腹面，十分容易辨認。每年氣溫開始下降，灰鶺鴒
一定準時出現在爸爸庭園內的草地上，就像是冬天的使者
般，提醒我們冬天到了。有趣的是，連續好幾年有一隻灰
鶺鴒總是睡在爸爸家大門玄關上方的木頭架上，或許是這
裡溫暖避風，可以安穩度過冬夜。當然無從得知是否為同
一隻灰鶺鴒，但幾年之後突然畫上休止符，再也沒有灰鶺
鴒在家門口睡覺，感覺格外寂寞。

5

6

　　而與野鴝的第一次相遇則是以悲劇為開端，當時媽媽
收養的母貓「小偷」正值壯年，是獵技高超的殺手，每每
帶回她的獵物向我們炫耀，舉凡老鼠、錢鼠、攀蜥、小鳥
都逃不過她的魔手。有一年冬天的早晨，她銜著一隻小
鳥回到爸爸的庭園，我從貓口中搶救下來，可惜回天乏
術了。當時仔細端詳這隻小鳥，發現並不是山上常見的山
鳥，喉部的紅色斑塊鮮豔奪目，非常特別。馬上翻開鳥類

3　黃尾鴝的母鳥，屬於不普遍的冬候鳥，常單獨行動，冬季活動範圍
　　不大，只在附近活動覓食。

4　黃尾鴝的公鳥，羽色與母鳥不同，胸、腹一直到尾下覆羽的栗赤
　　色，十分出色。

5　野鴝在台灣屬於不普遍的冬候鳥，常單獨出現於茂密草叢間。

6　野鴝在度冬期間會發出尖細且上揚的長音。

圖鑑查證，這才發現竟是遠自西伯利亞南遷的野鴝公鳥，一不小心在此葬身於貓咪的突擊獵殺。

野鴝是典型的地棲性鳥類，冬天多半出現於台灣的平地至中海拔山區，數量不算十分普遍，不過北部低海拔山區似乎是牠們喜愛的度冬區域。野鴝常單獨出現於茂密草叢間，一邊啄食一邊移動，以昆蟲為主食。野鴝的公鳥於春天北返前，喜歡高踞枝頭鳴唱，喉部的紅斑不斷地抖動，鳴聲細柔婉轉，為即將到來的繁殖季節預作準備。

白鶺鴒、黃鶺鴒與灰鶺鴒一樣，都是山城

冬日常見的嬌客，鶺鴒類野鳥最明顯的特徵就是在地面上移動迅速，經常上下擺動尾羽，遠遠一看就能辨識。牠們的體態輕盈，鳴聲並不出色，大多只是單調而連續的「唧唧、唧唧」聲。雖然不是很怕人，但富警覺性，會與人們保持一定的距離。

此外，鶺科的冬候鳥在山城一樣頗為常見，只是生

7　灰鶺鴒常在石頭上單獨活動。
8　日本鶺鴒與灰鶺鴒一起活動，兩者都屬於普遍的冬候鳥。
9　灰鶺鴒多半單獨或成對在地表或石頭上活動。
10　灰背眼紋白鶺鴒喜愛在礫石地上跳動或奔跑，以啄捕方式覓食。

11

12

性隱密，加上單獨行動，警覺性又高，想要順利觀察到牠們，是需要累積多年的賞鳥經驗。曾經於黃昏時刻在鄰居家的屋頂目擊過一次藍磯鶇的公鳥，栗紅色的腹部搭配全身深藍的羽色，十分醒目，當時牠鳴唱的歌曲十分悅耳動聽，讓人難忘。不過那是唯一的一次，以後不曾再看過。虎鶇、白腹鶇、赤腹鶇都算普遍的冬候鳥，只是通常僅能短暫的一瞥，一下子就飛離或遁入灌叢內，無緣仔細端詳。

冬天的山城，有緣與來自北方的飛羽嬌客相逢，且讓我們善盡地主之誼，讓牠們安歇度冬直到北返的日子到來。

13 14

11 虎鶇為常見的冬候鳥，多在樹林下方活動，保護色絕佳，不易發現。

12 白喉笑鶇是珍稀的台灣特有亞種野鳥，大多生活於中海拔的原始闊葉林內，冬天偶見往低海拔樹林移動，竟然也出現於華城的周遭樹林。

13 斑點鶇是鶇科的過境鳥，並不普遍，偶爾出現於低海拔山區，在華城留下了難得的影像。

14 白腹鶇屬於普遍的冬候鳥，性隱密機警，一有動靜馬上沒入樹林內。

蟲蟲的
極樂花園

Exploring the Nature
of My Hometown

許多原本已經理解的事，
透過雙眼實際觀察，常讓我大感吃驚。
—— 本山賢司

　　植物欣欣向榮的山城，蟲蟲必然多樣而繁盛，而這一切正是健全生態系無可或缺的基礎。只是蟲蟲不像野鳥那般有魅力，大多數的人對蟲蟲是厭惡多於喜愛，覺得牠們長相恐怖、骯髒，有危險性，會咬人或叮人，這些負面的觀感是相當普遍的。其實是我們沒有機會好好理解牠們的生活真貌，如果願意放下一切成見，相信許多人將對昆蟲以及蜘蛛等同屬節肢動物的蟲蟲大感驚訝。

　　記得大學時上農業昆蟲的實驗課，第一次在顯微鏡下觀察蟑螂，竟然如此美麗，油亮亮的身軀，長滿刺的腳，

1　呂宋蜻蜓一身寶藍，每年春至夏末常出沒於低海拔山區的水域附近。
2　青黃枯葉蛾的幼蟲多半棲息於植物上，容易在白天發現。
3　全身豔紅的恆春榕蛾，是少見顏色如此出眾的蛾類。

在鏡頭下成為大自然造物者的傑作。連大家最厭惡的小強都可以扭轉好惡之心，還有什麼是不可能的？

第一次看到糞金龜亦是如此，在山城散步途中，無意間發現一坨遺留在草地上的狗糞，怎麼有東西在上面蠢蠢欲動？該不會是蛔蟲之類的寄生蟲吧？靠近一看，這才發現原來是體型好小的糞金龜正在勤奮地工作，將狗糞做成小粒糞球，那可是牠們最需要的育嬰房呢！糞金龜其貌不揚，畢竟在糞便

4　豆芫青是山城常見的甲蟲，多半在蕨類或豆科植物上大吃特吃，春夏季是主要的交配季節。

5　台灣大蝗普遍分布於平地至低海拔山區，是台灣體型最大的蝗蟲，成蟲多半於秋季出現，夜晚鳴叫求偶。

6　直翅目蝗蟲類的若蟲，已經有蝗蟲的典型長相，一雙大眼格外可愛。

7　綠色型大螳螂，普遍分布於平地至低海拔山區，是十分常見的昆蟲殺手。

裡打滾是不需要外貌出眾，但牠頭上那對觸角真是極品啊！類似金黃色小鏟子的可愛造型讓人印象深刻，這也是糞金龜尋找便便不可或缺的利器。

　　不可諱言的是，人面蜘蛛是山城蟲蟲的主角之一，體型碩大的母蜘蛛，加上

8

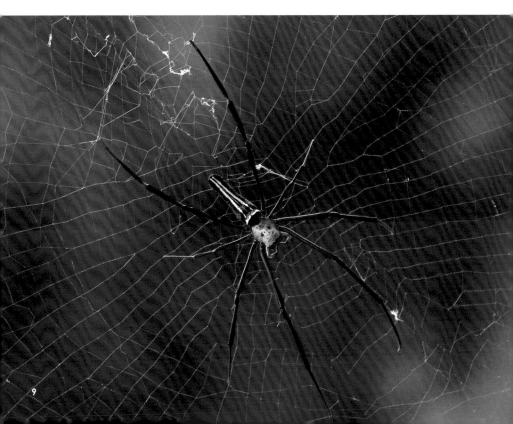

9

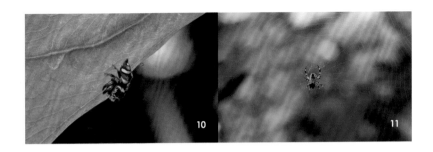

身上類似人面的鮮豔圖案，只要看過一次應該就忘不了。
我的樹木園內住了幾隻不怎麼大的人面蜘蛛，各有各的
地盤，井水不犯河水。散步途中也經常碰見人面蜘蛛，巷
口的樹叢間常有成排並列的人面蜘蛛結的網，每一個蛛網
壁壘分明，與另一個蛛網隔著一棵樹，畫面非常有趣。還
曾經碰過結網在路中央電線上的人面蜘蛛，真是奇怪的位
置，果然沒多久就搬家了，大概守網待蟲的效果不彰吧！

　　蜂類是另一類大宗的山城蟲蟲，包括了吸花蜜的野蜂
和肉食性的蜂類，或許是大家聞虎頭蜂而色變，總覺得蜂

8　人面蜘蛛初結網，一般只有母蛛會結網。
9　人面蜘蛛是山城十分普遍的結網大蜘蛛，體型碩大的母蛛，身體的
　　顏色及圖案十分出眾。
10　毛兜垛跳蛛普遍分布於平地至低海拔山區，屬於不結網的徘徊性小
　　蜘蛛，喜歡棲息於草叢或樹林內。
11　結網的小型蜘蛛，應是姬鬼蛛那一類的小蜘蛛。

12

13

類是充滿威脅性的昆蟲，必定要先除之而後快，這樣的心
態常造成許多不必要的殺戮，也會影響自然生態平衡。以
山城常見的長腳蜂而言，牠們比較會利用人工建築物築
巢，巢並不大，十幾隻工蜂共同餵養巢內的幼蜂。其實長
腳蜂是肉食性昆蟲，以捕食其他昆蟲來餵養幼蜂，如果家
裡有長腳蜂築巢，很容易控制花園內的害蟲數量。只可惜
大家對蜂類的恐懼心理難以克服，看到蜂巢必定要先鏟
除，而危害蜂巢當然會引
發攻擊，長腳蜂不過是護
衛自己的下一代罷了。長
腳蜂是人類偏見下的受害
者，真正具有攻擊性的虎

14

頭蜂幾乎不會築巢於人類聚落附近，因為干擾過大，虎頭蜂無法安心繁衍。如果願意多多理解蜂類的生態，相信長腳蜂也不致遭受池魚之殃。

　　長相美麗或是不具威脅性的動物，人人皆愛，但對於許多其他不那麼漂亮，或是具有螫刺等自衛性武器的動物，我們可否與之和平相處？或是尊重牠們應有的生存空間？恐懼往往源自於誤解與錯誤認知，只要好好認識有趣的蟲蟲生態，我們一定可以克服恐懼，讓山城真正成為各式各樣蟲蟲的極樂花園。

12　善變蜻蜓是平地至低海拔山區水域的常見蜻蜓種類，全身紅褐色，十分醒目。
13　霜白蜻蜓的雄蟲腹部為紅色，有些成熟個體的胸腹部會帶有白粉，因此稱之為霜白蜻蜓。
14　舉尾蟻的巢在山城十分常見，非常容易被誤認為是蜂巢，其實舉尾蟻巢外觀與蜂巢大不同，多半以植物性材料組成，築於大樹枝椏的分叉處。
15　長腳蜂是肉食性昆蟲，以捕食昆蟲為生，偶爾會至光臘樹上吸食樹液。

15

大自然
舞姬
Exploring the Nature
of My Hometown

翅膀扁平如圓扇、翩翩飛舞的蝴蝶，
…翅膀邊緣密佈著翅脈，…與植物的葉子很像。
—— 本山賢司

　　蝴蝶在花叢間飛舞的景象，大概少有人不愛，但是很少人真正意識到如果少了蝴蝶可以產卵的植物，少了毛毛蟲可以食用的植物，或是沒了提供花蜜的蜜源植物，就看不到美麗的蝴蝶。許多原生的樹種或是其貌不揚的野花野草，與蝶蛾的生存密不可分，生活在山城裡正可以近距離地印證彼此的密切關係。

　　蝴蝶和蛾類是同屬於鱗翅目的昆蟲，台灣的鱗翅目昆蟲約有四千四百多種，其中蝴蝶只有四百餘種，蛾類則多達四千種以上。兩者以大約一比十的比例存在著，但得到人類的青睞程度卻完全不成比例。

翩翩飛舞的蝴蝶，舞姿曼妙，加上色彩鮮豔出眾，相信擁有花園的人一定希望蝴蝶仙子到此一遊，在花間穿梭吸蜜，是多麼美麗的畫面。反之，一樣擁有類似飛行能力的蛾類，只因大多於夜間出沒，神秘色彩加上人們的偏見使然，蛾類始終難登大雅之堂。

　　記得二十多年剛搬到山上，夏天早上散步時經常撿拾到奄奄一息的皇蛾，這種大型的蛾類外表出眾，雙翅的斑紋獨特，真想親眼看看牠們飛行的模樣，必定美的懾人，只可惜碰到的都是生命已到盡頭的皇蛾。這種台灣體型最大的蛾類，近年來已少在華城發現，可能是幼蟲需要的食草樹木大幅減少，造成食物短缺，而無法順利在此繁衍。

　　每年春至秋季是蝶蛾活躍的主要季節，特別是咸豐草、冇骨消、紫花藿香薊等野花大量盛放的時候，不時就會看到鳳蝶、斑蝶、粉蝶、蛇目蝶等輪番現身，有時停佇

3　　　　　　4

花朵上專心吸蜜，有時只是在花間漫遊。成蝶羽化之後壽命並不長，一旦交配過後很快就步上終點，因此常能在散步途中撿到完好無缺的美麗鳳蝶。

　　其實蝴蝶和蛾類的繁盛與否，除了提供成蟲營養所需的蜜源植物之外，更重要的還包括產卵及幼蟲生長不可或

3　藍紋鋸眼蝶的幼蟲，長相奇特，讓人過目不忘。
4　藍紋鋸眼蝶的蛹，綠色外表配上紅色斑點，十分醒目。
5　閃光苔蛾的幼蟲，一身長毛是不可輕侮的最佳標誌，是常見的毒蛾種類。
6　台灣白紋鳳蝶正在仙丹花上吸蜜。

缺的食草植物，兩者兼具的生態環境才看得到大自然舞姬
在此飛舞繁衍。

　　有一年不知是哪種蝴蝶選中了我家的山櫻花，密密麻
麻的毛毛蟲將整樹的葉片吃的精光，遇上這種蝶類的大發
生年份，只能小小犧牲樹木的福祉，將它們珍貴的葉片無
償提供給毛毛蟲，忍耐到化蛹羽化就好了。雖然隔年春天
的山櫻花開花大不如前，但想到它供養了那麼多的小生
命，還是覺得非常值得。

　　蝴蝶和蛾類的繁衍會不定期大發生，每逢大發生年份，山城的植物必定元氣大傷，不論是青楓、楓香、茄苳、樟樹或榕樹都沒輒，按例奉獻綠葉，就連一般野地的野花野草也各有蝶蛾所好。只不過這些葉片的損傷都是短暫的，等到成蟲羽化離開之後，植物馬上加速生長，沒多久又恢復舊觀了。

7　橙端粉蝶是外表格外搶眼的粉蝶。
8　石牆蝶又名地圖蝶，翅膀上的圖案引人入勝。

9

想要欣賞美麗的大自然
舞姬，必得奉獻綠葉讓牠們
順利長大，不可能只享有蝴
蝶美景，卻不要滿樹的毛毛
蟲。瞭解大自然環環相扣的
運作，將讓山城生活更為豐
富且充滿生機。

9　鳳蝶類多半外表豔麗出眾，
　　是蝴蝶王國的女王。
10　鳳蝶蛹的典型外形，看到這
　　一類的蛹就可以期待鳳蝶羽
　　化。
11　鳳蝶類的青綠肥胖幼蟲，十
　　分惹人愛憐。
12　大白斑蝶的美麗倩影，雖然
　　以南部較為常見，但北部低
　　海拔山區也可發現其蹤跡。

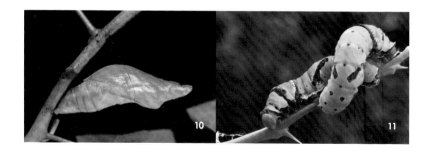

10

11

12

隱密的
動物家園
Exploring the Nature
f My Hometown

1

要感覺大自然的壯麗很容易，
但要理解或解釋則不簡單。
—— 約翰·繆爾

　　我們對大自然的觀感，
無可避免地包含主觀的成分
在內，有的動物像是無尾熊
或是貓熊，一定人人都愛，而蟑螂、老鼠、蚊
子、蛇等惹人厭的動物，必定人人喊打。但是
真的應該用如此簡單的二分法來對待自然界的
生命嗎？

　　以最受誤解的蛇為例，山城的低海拔環境
原本就是牠們的家園，舉凡過山刀、南蛇、青
蛇、錦蛇、臭青公等無毒蛇類均相當普遍，除
了青蛇會在白天活動之外，大多蛇類均是等到
太陽下山後才會開始活動。奇怪的是，溫暖的
柏油路面對蛇這種變溫動物似乎有種致命的吸
引力，夜裡在路上逗留的蛇常慘死輪下，讓人
著實不忍。

1　白高腰蝸牛與植物的捲鬚構成絕美的畫面。
2　斯文豪氏大蝸牛在山城十分普遍。

今年年初華格納步道旁來了一隻眼鏡蛇，以前不曾有過眼鏡蛇在華城出沒，當我得知此訊息時，深感欣慰，因為這意味著華格納步道的次生林日益豐美，才足以吸引像眼鏡蛇這樣的掠食性動物。沒想到有的住戶反應激烈，堅持要加以捕捉，幸而消防隊到達時牠早已不見蹤影。

恐懼戰勝了理性，其實眼鏡蛇出沒的是遠離住宅的樹林內，那裡還有赤尾青竹絲盤踞樹上，根本不曾對任何人造成威脅。原本蛇類就是樹林生態的一環，有足夠的食物才會吸引牠們生活於此，不驚擾毒蛇，毒蛇也無意攻擊人類。

生活在山上，常有跟動物面對面的機會，何不把握短暫的相逢，好好觀察牠們？每一種生物都有可觀之處，都是我們最好的自然老師。行走在路上，眼觀四方，打開耳朵聆聽各種微小的聲音，有時用鼻子嗅聞幾下，用手撫摸記住觸感，感官是最好的工具，而親身經歷更是無可取代的體驗。走入自然，累積知識之餘，方能將原有的偏見誤解一一放下。

3　意外出現於華格納步道旁的眼鏡蛇，在山城掀起不小的波瀾。
4　華格納步道內棲於樹上的赤尾青竹絲，此為攻擊前的預備姿勢。
5　攀蜥常在濃密的草叢間活動，伺機而動。
6　輕鬆寫意的攀蜥，是難得的放鬆時刻。

燕子湖
賞鷹趣
Exploring the Nature
of My Hometown

猛禽滑翔所需的能量只有拍翅的二十分之一,牠們藉助上升暖氣流將牠們帶往高處,毫不費力。
—— 大衛・艾登堡

　　山城的生態是典型的低海拔山區,野鳥以山鳥為主,而看得到的鷹類主要是大冠鷲以及生性隱密的鳳頭蒼鷹,二十多年前還看得到老鷹出沒,現在早已消失無蹤。至於喜愛出沒於水邊的鳥類,偶爾看得到小白鷺和黃頭鷺,通常只是短暫拜訪山城,不會久待。

　　去年冬天曾有另一社區的住戶抱怨他家整池的錦鯉被蒼鷺洗劫一空,要求管委

---

1 老鷹的飛行相當靈巧,低空掠過水面馬上彈飛。

2

會捕捉蒼鷺。聽到這個不可思議的消息，真的好訝異，因為像蒼鷺這種大型的鷺科鳥類，一般只會在海邊、河口及沼澤沙洲等水域出沒，怎會飛到山城這種山區活動呢？唯一可能是飛經此地，剛好肚子餓了，看到整池活蹦亂跳的錦鯉，現成的美食就在眼前，怎可放過？只能說那些錦鯉真的運氣不好。

　　蒼鷺會路經山城是可能的，因為流經山腳的新店溪在此水流平緩，溪面廣闊，形成了濛濛湖、梅花湖及燕子湖等著名的水域。直潭壩的水位控制，讓這一大片廣興濕地終年水流穩定，加上開發度低，使得這裡的青山綠水成為

3

台北近郊最著名的賞鷹熱點，北部少見的老鷹常年生活於此，再加上冬天的魚鷹到訪，更成為許多追鷹人必到的聖地。而小白鷺、蒼鷺、夜鷺等鷺科水鳥也很容易在這一帶的水域看到。

　　羽色黑白分明的魚鷹，辨識度極高，加上不十分怕人，使得欣賞魚鷹抓魚的精彩畫面是完全可以期待的，因此每年冬天原本人跡稀少的廣興濕地，一下子湧進大批賞

2　青潭堰附近的水域偶爾可見蒼鷺這種大型鷺科鳥類。
3　蒼鷺驅趕夜鷺的有趣畫面，容易捕魚的水域是水鳥必爭之地。

鷹人，一支支攝影大砲架於廣興河濱公園前的湖畔等待，是冬日才有的限定景致。

魚鷹休息時往往會選擇水域的淺灘或岸邊的立樁、石堆，十分容易尋覓，而抓到魚後有時會飛到山邊的大樹或枯木上進食。由於拍攝效果絕佳，才會每年引來如此多的鳥類攝影者到此一償宿願。

我很少加入類此的追逐活動，因為山城天空翱翔的大冠鷲早已滿足內心對鷹類的嚮往。不過冬天開車路經廣興至烏來洗溫泉，幾乎一定看得到整排的照相機等在路旁，十分有趣。

廣興一帶的環湖道路，景致幽靜迷人，即使只是開車兜風，一樣心曠神怡，是山城居民欣賞水域風景的美麗後花園。

4　難得一見的老鷹來到青潭堰附近的水域活動。
5　順利捕獲獵物的老鷹，輕盈掠過水面以雙爪掠取。

6 　魚鷹給予吳郭魚致命的一擊。

7 　魚鷹捕獲魚類之後馬上起飛，分秒不差。

8 　緊握漁獲的魚鷹，飛行姿勢依然優美。

不動
如山

我遁跡山林，只因我想
刻意存活，以便面對生
命不可或缺的事物。
—— 亨利‧梭羅

一望無際的優美山景，
是山城的日常風景。

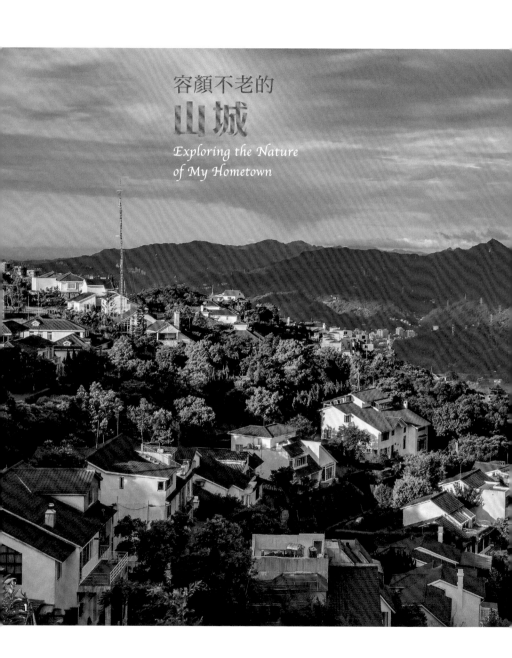

容顏不老的
山城
Exploring the Nature
of My Hometown

大自然能為身體與靈魂提供療癒，加油打氣，給予力量。
—— 約翰・繆爾

　　生活在山城，處處是驚喜，每天睜開眼後總充滿期待。走出家門，無法預知下一刻會發生什麼事，而每一次大自然送達的驚奇禮物總讓人無比感恩，只能滿懷謙卑之心享受當下。

　　有一天早晨帶狗散步，就在家門口的青楓樹上聽到紅嘴黑鵯的鳴聲，循著鳴聲往樹上看，一下子就找到一身黑卻有鮮

1　容顏不老的山城日益豐美飽滿。

豔紅腳的紅嘴黑鵯。正在納悶牠為何叫個不停，突然看到下方一隻黃口雛鳥緊握枝條，一動也不動。是在訓練剛離巢的雛鳥嗎？還是雛鳥不小心從巢內掉落？聆聽親

鳥的聲音，似乎是鼓勵的成分居多，畢竟第一次離巢是雛鳥莫大的冒險，要活下去一定要通過第一關。擔心自己在旁對牠們造成干擾，於是帶狗離去。過了一陣子再回頭找這對母子，發現牠們已經順利離去，第一步果然跨出去了。

　　還有一次剛好是母親節當天，後陽台窗前茂密的小葉桑樹上，來了一隻台灣紫嘯鶇，看牠嘴裡銜著蟲蟲不停地晃動著，原以為牠正準備進食，結果是在我面前上演一場精彩的

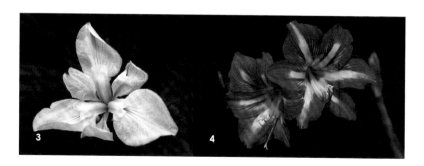

餵食秀。親鳥在雛鳥離巢之後會持續餵食一段時日，以幫助雛鳥順利成長，眼前的紫嘯鶇雛鳥在枝條上尚且搖搖晃晃，不像親鳥那般敏捷，但食物是最大的誘因，親鳥嘴裡的蟲蟲正是雛鳥學飛的最大利器。親鳥充滿耐心的舉動，雛鳥拼命學飛的努力模樣，這樣的畫面真是母親節最寶貴的禮物。我和貓咪一起在窗前見證，感動莫名。

　　日常的山居生活，因為眾多生命的分享而有了廣度與深度。行走在山城的路上，經常遇見急忙趕路的毛毛蟲，或是慢吞吞爬行的蝸牛，或是掛在葉片上、身上黏滿奇特掩飾物的避債蛾，還有愛做伏地挺身體操的攀蜥，我總會停下腳步跟牠們打聲招呼，謝謝牠們的現身，讓我又可以開心一整天。

2　園藝品系的楓樹，美麗的紅葉增添了冬日的色彩。

3　鳶尾的潔白花朵，引人遐思。

4　碩大的孤挺花花朵，是熱情洋溢的夏日風情。

5　品系繁多的九重葛，花色美不勝收。

大自然的豐美，可以因為人們的刻意栽培而錦上添花，山城家家戶戶種植的樹木和觀賞花卉，讓這裡的色彩更加多樣。墨西哥野牡丹的深紫色絲絨般花朵豔冠群芳，而彩度最高的黃金風鈴花更把春天妝點得燦爛之至，大花曼陀羅永不停歇的綻放，讓山城處處有花香，而潔白無暇的油桐落花則是大自然最美麗的禮物之一。

容顏不老的山城，讓人永不寂寞。

9

10

6　飄落的油桐花，是每年春天不可錯過的美景之一。

7　黃金風鈴花盛放的金黃色花朵，豔冠群英。

8　大花曼陀羅的花期極長，除了酷熱的炎夏之外，幾乎隨時都可開花。

9　鋪滿地的油桐落花，是大自然奉送的自然美景。

10　外來的園藝植物墨西哥野牡丹，燦爛的紫色花海，點亮了社區每一角落。

春日花城

Exploring the Nature of My Hometown

1

只要看一眼花朵，就連最頤指氣使的人，
有時也不免深受感動。
—— 約翰・繆爾

春臨大地，春城無處不飛花，這個季節可說是華城最美的時刻，不僅氣溫宜人，而且不管走到哪裡都有美麗的花朵可以欣賞。短暫而燦爛的春天，好好出門散步吧！

原本以綠色為基調的紅瓦白牆山城，春天

多了花朵的滋潤，線條似乎柔和了許多，特別是滿樹開得燦爛無比的山櫻花和日本櫻花，將春天妝點得精彩極了。最愛一邊帶狗散步，一邊欣賞鄰居們栽種的美麗櫻花樹，每一棵樹均使出渾身解數，爭奇鬥豔，好不熱鬧。

1　綠繡眼在盛開的山櫻花間穿梭吸蜜，是春日的常見景象之一。
2　櫻花的觀賞品系極多，山城櫻花樹的風情萬千。
3　重瓣的櫻花盛開，是春日花城的主角之一。

4

其實梅樹是最早嗅得氣溫變化的樹木，每年1月總是率
先開出滿樹潔白的梅花，接下來就輪到桃紅色的山櫻花上
場了，點點桃紅花色宣告山城的春天正式開始。山櫻的不

5

同品系如粉紅山櫻、八
重山櫻等，陸陸續續輪
番上陣，於是光是山櫻
的花季就可以由1月底一
直延伸到3月，賞櫻完全
無須出門人擠人，光是

社區內的櫻樹就賞不完了。

　　而日本櫻花一般以富士櫻最早綻放，而壓軸的永遠是豔冠群芳的吉野櫻。華城的海拔高度非常適合栽種日本櫻花，日夜溫差的累積，讓櫻花蓄勢待發。日本櫻花綻放的聲勢驚人，花朵密集呈現飽滿的花球高掛樹梢，與山櫻花完全不同，視覺上的震撼更大。

　　不論是山櫻或是日本櫻花，時候未到之前，一片寂然，完全看不出動靜。但花朵盛放前幾天，枝條的花苞突

4　純白花朵的梅樹在寒冬率先綻放，預告著即將到來的春天。
5　日本吉野櫻盛開時呈現密集的花球般美景。
6　吉野櫻盛開的季節，是邀請朋友一起欣賞的美好時刻。

然快速肥大，紛紛冒出淡淡的粉紅色，此時花苞外圍的苞片飽漲，感覺快要撐破了。接著花瓣伸展開來，好像連鎖反應般，不一會兒滿

樹繽紛的花海呈現眼前。即使已經在山城度過二十幾個寒暑，每年的櫻花盛景卻還是看不膩，特別是期待的過程以及目睹滿樹綻放，那種感動歷久彌新。

　　除了櫻花之外，油桐應該也是春天的主角之一，特別是和櫻花大不相同，油桐無須人們栽培照顧，但每年的4至

5月一樣送給我們滿樹白花的大禮。原本綠油油一片的低海拔森林，時候到了，一球球白雪覆頂般的油桐突然冒出頭來，在山坡地森林蔓延開來，好似接力賽般，白色煙火陸續點燃，是低海拔森林最燦爛的美景。

號稱四月雪或五月雪的油桐，不僅滿樹盛開美麗，就連落花都美不勝收。落英繽紛，數大便是美，襯著泥土或

---

7 吉野櫻的花色數變，一旦轉為純白花色，即為接近凋零的最後階段。

8 盛放的日本吉野櫻是春天最美的燦爛景致之一。

9 這株位於俱樂部旁的吉野櫻大樹，樹冠飽滿，每年春天盛開時，是山城最受矚目的主角。

石階，不僅一點都不悽涼，反而有種節慶般的歡樂氣氛，是台灣春天的大自然辦桌，邀請每個人來踏青。

台灣百合是原生於北海岸的野百合，原本消聲匿跡了，但在許多團體的努力復育下，如今北海岸的野百合美景已是台灣春天盛景之一。當初不知是誰把台灣百合栽種於華城，如今社區路旁或是花圃內，很容易看到白色的百合花搖曳生姿，成為春日山城的美景之一。

就連溫帶的鬱金香或水仙也來湊一腳，為春光明媚再下註腳，春日好時光，切莫虛度光陰。走出家門，感受一下生機盎然的春天，為自己的生命充電，以滿格的電力迎向未來每一天。

10　野地裡的油桐，春天盛放的姿色一點也不遜色。。
11　台灣百合十分適應山城的環境，到處可見。
12　金黃色的鬱金香增添了春日山城的異國風采。
13　油桐的落花一樣美不勝收。

13

草地漫遊

Exploring the Nature of My Hometown

1

在這豐饒的原野多逗留一會兒，
…盡量學習這裡原始的居民與來訪者。
—— 約翰・繆爾

　　山城除了引人注目的花卉或大樹之外，其實還有無數
生物悄然生活在我們身邊，只是它（牠）們不特別討人喜
歡，或是生性隱密，沒有人們關注的眼光，依舊年復一年
按照自己的生活節奏，出生、成長、繁衍、死亡，為大自
然的豐美貢獻一己之力。

　　最愛跟狗狗一起在樹
林下踩踏土壤，林下荒草
漫生，狗狗是為了一解生
理的需求，而我則是趁機
享受腳下的感覺。沒有人
類干擾的土壤充滿難以言
喻的彈性，腳踩踏下去完
全不必擔心深陷其中，土
壤會完美承受腳的重量再

1 紫花藿香薊花朵上的八點灰燈蛾幼蟲，野花生態與許多昆蟲的生存
息息相關。
2 體型迷你的毛垛兜跳蛛，常於草叢間出沒，屬於不結網的徘徊性蜘
蛛。

適度反彈。這種感受只有在樹林內的土壤才有，層層疊疊的落葉、枯草等有機物堆疊出的生命重量感，讓我完全著迷了。

有時會發現翻土的痕跡，大量土粒堆積如山，這種規模不可能是昆蟲所為，也不像是蚯蚓勞動的結果，於是唯一的可能就是俗稱地鼠的台灣鼴鼠，以蚯蚓為食的牠們大多在地道內活動，根本不可能看到廬山真面目，偶爾暴露其蹤跡的就是隆起的土堆。台灣鼴鼠的辛勤工作會把土壤翻鬆，維持土壤的通氣與透水性，有牠們出沒的土地必然健康，而我們人類則是坐享其成。

草地上漫生的野草、野花，供養了無數昆蟲，或產卵、或吸蜜、或藏匿，小小身軀竭盡所能貢獻己身。草地的動物與植物緊密相依，植物仰賴昆蟲及微生物分解落葉或糞便提供養分，而啃食葉片的毛毛蟲或其他的昆蟲，則受制於野鳥、蜘蛛、攀蜥等掠食性動物的捕食。於是每種

3　　　　　　　4　　　　　　　5

6

生物都以某種方式與其它物種環環相扣，交織成複雜無比
的草地生態網路。

　　只不過我們總是習慣性地介入其中，不加思索就將原
本花開遍野的草地剃得精光，對於生活其間的小生物，割
草機的轟隆作響一定像轟炸般可怕，無數生命紛紛竄逃，
只留下光禿的地表以及東倒西歪的野花野草，以及撲鼻的
草香味。

3　蟛蜞菊是華城草地的常見野花，金黃色花朵十分出色。
4　姑婆芋的紅色果實，是陰濕草地的常見景象。
5　紫紅蜻蜓的雄蟲，是華城夏天常見的蜻蜓之一。
6　豆娘類的脛蹼琵蟌，非常迷你，不容易發現。

我們是否願意以嶄新的眼光重新看待身邊的草地生態？如果願意彎下身來仔細端詳，小小的花花世界一樣珍奇，一樣有太多未知值得探索。如果願意看得夠仔細，將不難發現以往不曾發現的美妙生命。唯有真正懂得珍惜周遭的一切，才能找出與之永續共存的相處方式。

- 7　陰濕角落的樹幹上常有伏石蕨生長，油桐落花點亮了這個小角落。
- 8　華城野地常見的野牡丹，花色豔麗，是野花中少見的大型花。
- 9　夜蛾類的幼蟲經常在草地上出沒。
- 10　躲藏於葉片後方的螽斯類鳴蟲，不知為何少了一隻腳。

友善動物
的社區
*Exploring the Nature
of My Hometown*

1

人人需要麵包，也需要美，
以及能遊玩與祈禱的地方。
——約翰·繆爾

　　我們每個人對於美好的
家園大概都有不同的想像，
當初之所以會選擇以華城為
家，除了對於山的憧憬與熱
愛之外，山城形形色色的眾
多生命更是莫大的吸引力。
這裡不只是人們的家園，更
是許多生物賴以為生的家，
即使歷經數十年的開發工
程，生命依然安好無恙，人
與自然的共存應是山城生活
最美好的承諾。

　　現今環境問題層出不
窮，氣候暖化危機人人皆可

1 中海拔的山鳥白喉笑鶇在冬天
會來到華城樹林間覓食。

朗朗上口，自然生態保育的觀念似乎早已深植人心，不過一旦拉近至自己的日常生活，態度似乎就馬上轉變，捍衛起人的需求或是安全，而往往遺忘了山區的生物原本就生活在這裡，每一種生物都應該有其一席之地。

友善動物不只是愛護深得我們歡心的動物，而是對生態系的每一生命予以尊重，尊重它（牠）的生命權和生存空間。喜歡台灣藍鵲一點都不難，因為牠們如此美麗，賞心悅目；喜歡獼猴也不難，因為牠們嬉鬧的模樣跟我們大同小異；喜愛蝴蝶也不難，大自然舞姬的舞技卓越，深得人心；喜愛身邊的貓貓狗狗也同樣很容易，因為牠們一直是我們最親密的

動物夥伴；喜愛燦爛無比的櫻花樹，一樣非常簡單。

但是大自然的生命不是為了人類的愛好而存在，生命環環相扣，在不同環境下緊密相依，缺一不可。沒有繁茂的野花野草或樹木，就沒有毛毛蟲生活其間，也將看不到滿天飛舞的美麗蝴蝶。沒有蛇來控制鼠類，鼠害為患不遠矣。沒有林下的扁蝸蟲，許多有機物的養分將無法回歸大地。沒有吃蟲的野鳥或野蜂，將蟲滿為患，植物遭殃。

大自然運行有其平衡之道，即使是像山城這樣的人工化環境，在減少人類干預的角落，生命自會找尋出路，生生不息。

---

2 社區內巷弄蜿蜒多變化，遠景是無敵山景，對於人或動物，同樣是好居住的環境。

3 社區內道路兩旁綠意盎然，適合健走或散步。

4 山城裡的家貓，由於空間寬闊，許多住戶會讓貓咪自由進出。

5 迷你嬌小的山紅頭，是山城的野鳥常客。

6 赤腹松鼠在山城十分適應，感覺日益普遍。

重建
低海拔方舟

*Exploring the Nature
of My Hometown*

著眼於任何一物，
會發現它和宇宙萬物
緊緊相連。
—— 約翰・繆爾

　　台灣的低海拔闊葉林
一直是無數生命賴以為生
的家園，只是隨著人口的
增加和開發的腳步，特別
是大都會地區的周遭，大
多早已成為人們生活的家
園，原生的動植物只能在
夾縫中努力生存。

　　二十餘年前搬至山城
生活，懷抱的是歡喜與罪
惡感交織的複雜情緒，因
為我們的家園確實讓許多
生物流離失所。幸而二十
多年的生活歲月親眼見證

1　春天盛開的櫻花，花蜜是許
　　多昆蟲或鳥類的大餐。

了大自然的修復能力，即使無法恢復舊觀，還是有許多生物倖存下來，而且逐漸欣欣向榮，以山城為家，繁衍下一代，台灣紫嘯鶇、台灣藍鵲或台灣獼猴，無一不是最好的例證。

　　青鳥歸巢的奇蹟是可能發生的，只要我們持續友善環境，減少人為干擾，栽植可做為野鳥和昆蟲食物來源的植物，不施用化學藥物或從事多餘無謂的事，如陡峭山坡的除草作業，或是大幅修剪樹木，即使是如此人工化的社區

2

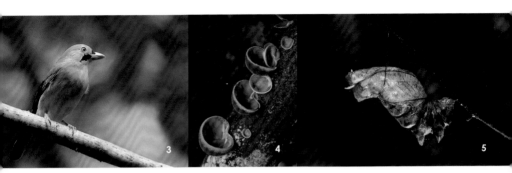

環境，依舊可以隨著時間而改變，成為更多生命共享的生活空間。

　　諾亞方舟的概念絕非高調，而是每個人可以實踐的目標，只要我們人類稍微節制一些，給予其他生物可以生存的空間，尊重牠們的生存方式，讓整個社區成為許多低海拔山區生物的方舟，最終受惠的將不只是這些生命，而是生活其中的我們，因為大自然給予我們的豐美禮物是無可比擬的珍貴。

　　就拿最近剛好巧遇的珠蜂獵殺高腳蛛為例，原來生活在山城，時時刻刻無不身處大自然，家園自然探險真的無

2　社區棕櫚泉公園內的生態水池，水生植物構築了蛙類的樂園。

3　中海拔山鳥的橿鳥，冬天會在華城現身。

4　自然界的分解者蕈菇類，是生態系不可或缺的小生命。

5　鳳蝶的蛹即將羽化成蝶，美麗的生命值得期待。

須遠求。當時在爸媽家的狗屋內準備餵狗，看到好大的一隻珠蜂在窗邊徘徊，以為牠受困屋內，於是趕緊開窗讓牠離去。誰知牠根本無意飛出去，用餵狗的湯匙想要驅趕牠，牠絲毫不畏懼地拒絕離去，這才看到卡在窗邊溝槽內的高腳蛛，大概被珠蜂螫得麻痺了，一動也不動。到口的

美食是為了餵養幼蟲，怎樣也不能放棄。於是我把窗子大開，讓珠蜂可以慢慢拖著牠的獵物離去，果然沒多久就不見蹤影了。

　　大自然的生與死是如此緊密相依，死亡往往是生命新生的開始。高腳蛛以掠食人類住家內的小昆蟲為生，而不敵需要餵養幼蟲的珠蜂。多少生生死死就發生在我們的周遭，大自然的生命課程，每天就在身邊上演，端視我們是否願意加入學習。

6　春天開花的鳶尾是生態池的美麗焦點。

7　鮮豔而飽滿的人面蜘蛛，是山城的常客。

8　光臘樹上偶見的黑尾虎頭蜂，光臘樹的樹液是昆蟲的最愛。

9　懸繭姬蜂的繭像是大自然的神秘禮物，引人遐思。

愛護我們生活的
里山
Exploring the Nature of My Hometown

在這趟旅行之前，
我不曾被言語無法形容
的美景包圍。
——約翰・繆爾

　　以日本人所提倡的里山（Satoyama）來描述山城並不十分準確，但廣義來說，里山的目標原本就是以人類的生活方式與大自然長時間交互影響下所發展出來的共生共榮環境，人們可以在此安然生活，而周遭的樹林、草地、溪流、池塘、溝渠、農田所構成的生態系依舊可以欣欣向榮。

　　雖然山城缺乏具有生產力的農田，但住家、聚落、

1　空拍攝影機拍下的山城一角，美不勝收。

山坡地、次生林、溝渠等一應俱全，如果把重點放在提供
野生動植物的棲地，與低海拔山區生物和諧共存，應該是
可以用里山做為山城生活的長期目標。

　　以目前全球人口的增加趨勢，人類侵入其他動植物的
生活領域早已是勢不可擋的趨勢，有限的土地資源如何兼
顧人類與自然而永續經營，於是日本在2010年於聯合國提
出「里山倡議」，對於人類聚落以及永續農業的發展，影
響深遠。

喜歡里山的想法是因為它涵蓋了人類的生活方式，而不是將人與大自然隔絕對立，在生活裡尋求與大自然和諧相處之道，尊重環境中所有生命的生存權，是可以實踐的想法。

我們應該慶幸，即使歷經近四十年的人為開發，山城的自然依舊豐美，許多生物願意在此與我們同居；即使四通八達的社區道路貫通山區，宛如黑色大河般的柏油馬路，多少動物生命斷送於路殺上，牠們依然努力求生；即使日日轟隆作響的除草機，讓多少的草地小動物倉皇出逃，牠們依然不離不棄，設法活了下來。

生活在山城，享有的

2 華城燦爛的夕照在泳池內形成絕美的倒影。
3 水面上的殘破荷葉，在光影烘托下成了絕美的畫面。
4 春天的油桐落花用於歌頌生命之美是再恰當不過的。

是滿眼的綠意，季節更迭的美景，以及每個人不可或缺的陽光與乾淨的空氣，就連風或雨水，無一不是大自然的恩賜。在這樣的環境裡，我們得以「種植」自然，收獲「生機」，以前曾經失去的青鳥，如今一一返回歸巢。

曾經在書上看過一段文字：「動物和植物才是最佳的園丁，人類園丁的角色既非給予，亦非收受，他唯一該做的是『種植』。」種植的過程不應以人的便利或美學為準，而是要考慮各種不同動植物的多樣需求。如果我們願

意以這樣的想法灌溉周遭的環境，相信鑲拼出來的小塊小塊生機花園，將可提供更多野生動植物需要的生活空間。

我的小小樹木園十幾年來慢慢成長茁壯，在我少干預的放任栽培下，逐漸成為許多生物的家園，雖然一直被爸媽批評為雜亂無章的園地，但

我很清楚自己的目標是讓更多生物願意搬進來住，而不是一個整齊卻了無生趣的花園。於是如今每天野鳥穿梭不斷，蜘蛛、螳螂、蟬、甲蟲、狩獵蜂、攀蜥、盤古蟾蜍、台北樹蛙輪番上陣，好不熱鬧，有時小動物們還會誤闖我家，得從貓口中搶救下來，一一放回樹木園內。

5　櫻花樹上的昆蟲，彰顯了生命環環相扣的緊密關係。
6　伏石蕨上的腹斑蛙，是山城的優勢蛙類。
7　聒噪的灰樹鵲是山城的長居野鳥，聽到牠們的鳴聲讓人格外心安。
8　樹枝上緩緩爬行的閃光苔蛾幼蟲，是不容輕侮的小昆蟲，也是大自然的傑作。

9

美麗晨曦映照下的山城是我們獨一無二的家園。

　　1993年在創辦以出版自然叢書為宗旨的大樹文化時，曾經寫下一段「聽！樹在說話」的文字：「他說他得努力長得好，因為小鳥要來築巢，蟲兒、粉蝶也會來談心，還有，還有，季節就要到枝頭上開花、結果。」二十餘年過去了，不論是工作上或是生活上，但願我的努力種植與播種，確實多多少少回饋了大自然，也讓自然之美落實於生活的本質。

　　環顧四周，這片美好的山城，日出日落，生生不息，乘載了多少生命，我們何不攜手在此繼續種植，讓山城真正成為與萬物共生共榮共享的里山。

慢·漫·山城 一個人的家園自然探險
Exploring the Nature of My Hometown

◎出版者／遠見天下文化出版股份有限公司

◎創辦人／高希均、王力行

◎遠見·天下文化·事業群 董事長／高希均

◎事業群發行人／CEO／王力行

◎天下文化社長／總經理／林天來

◎版權部協理／張紫蘭

◎法律顧問／理律法律事務所陳長文律師

◎著作權顧問／魏啟翔律師

◎社址／台北市104松江路93巷1號2樓

◎讀者服務專線／（02）2662-0012

　傳真／（02）2662-0007；2662-0009

◎電子信箱／cwpc@cwgv.com.tw

◎直接郵撥帳號／1326703-6號　遠見天下文化出版股份有限公司

◎撰　　文／張蕙芬

◎攝　　影／江延彬

◎大樹書系總策劃／張蕙芬

◎總 編 輯／張蕙芬

◎美術設計／連紫吟·曹任華

◎製版廠／東豪印刷事業有限公司

◎印刷廠／立龍藝術印刷股份有限公司

◎裝訂廠／聿成裝訂股份有限公司

◎登記證／局版台業字第2517號

◎總經銷／大和書報圖書股份有限公司　電話／（02）8990-2588

◎出版日期／2017年11月7日第一版第1次印行

◎ISBN: 978-986-479-320-4

◎書號：BBT2015　◎定價／500元

國家圖書館出版品預行編目資料

慢.漫.山城：一個人的家園自然探險 / 張蕙芬撰文.
江延彬攝影. —— 第一版. —— 臺北市：遠見天下文
化, 2017.11
　面；　公分. —— (大樹自然生活系列；2015)

ISBN 978-986-479-320-4 精裝)

855　　　　　　　　　　　　　　106018033

BOOKZONE 天下文化書坊　bookzone.cwgv.com.tw

小莉

King

Taro

我與 Nomi

小寶

弟弟

黑糖

小莉

Taro

King

我與 Nomi

小寶

Exploring the Nature
of My Hometown

弟弟

黑糖

小莉

Taro

King

我與 Nomi

小寶

弟弟

黑糖

小莉

Taro

King

我與 Nomi

小寶

弟弟

黑糖